中国新文学史研究书系

最近三十年中国文学史

陈子展 著

山西出版传媒集团
北岳文艺出版社·太原

图书在版编目（CIP）数据

最近三十年中国文学史 / 陈子展著 . — 太原：北岳文艺出版社，2023.1
（中国新文学史研究书系 / 陆东平主编）
ISBN 978-7-5378-6604-0

Ⅰ . ①最… Ⅱ . ①陈… Ⅲ . ①中国文学—现代文学史—文学史研究 Ⅳ . ① I209.6

中国版本图书馆 CIP 数据核字（2022）第 151214 号

## 最近三十年中国文学史

著　者：陈子展
出 品 人：郭文礼
责任编辑：左树涛
书籍设计：张永文
印装监制：郭　勇

出版发行：山西出版传媒集团·北岳文艺出版社
地址：山西省太原市并州南路 57 号　邮编：030012
电话：0351-5628696（发行部）　0351-5628688（总编室）　传真：0351-5628680
经销商：新华书店　印刷装订：山西新华印业有限公司

开本：787mm×1092mm　1/32　字数：158 千字　印张：6.75
版次：2023 年 1 月第 1 版　印次：2023 年 1 月山西第 1 次印刷
书号：ISBN 978-7-5378-6604-0
定价：39.80 元

著作权所有·请勿擅用本书制作各类出版物·违者必究。

# 《中国新文学史研究书系》选编说明

在通常的中国现代文学史(或现代中国文学史)叙事中,白话文学自1918年鲁迅的《狂人日记》正式登上历史舞台,随之也进入文学史的书写视野。大概从1923年胡适在《五十年来中国之文学》最后一节略讲文学革命的历史和新文学开始,朱自清从1929年开始在清华大学讲授"中国新文学研究",并整理发表了《中国新文学研究纲要》,到陈子展在1930年出版的《最近三十年中国文学史》,直至1949年新中国成立前,虽然仅仅三十余年,但白话文学史的写作迅速进入成熟期,涌现出了大量既具个性又富有学术含量的"新文学史""新文学思潮史"。周作人、苏雪林以及比利时的文宝峰、法国的明兴礼等都做出了贡献。

白话文学进入1949年后,走上一条与前三十年颇迥异的道路,白话文学史的写作也因此发生重大变化,从1951年由王瑶的《中国新文学史稿》(上)、1952年蔡仪的《中国新文学史讲话》开始,包括张毕来、丁易、刘绶松、任访秋、孙中田以及吉林大学中文系中国现代文学史教材编写小组、中国人民大学语言文学系文史教研室现代文学组,甚至复旦大学中文系现代文学组等个人或群体,进行了极具时代特色的新文学史(现代文学史)、新文学思潮史写作。"文革"后,这种新文学史已不适应改革开放的国情,唐弢、严家炎等开始合作修正新文学史,直至1980年代中后期提出"重写文学史"的口号,之后各种"中国现代文学史""中国现代文学三十年""二十世纪中国文学史"如雨后春笋般涌现,一定程度上矫正了中国白话文学史的写作。但是,因为历史的惯性,也因为观念、思维和审美的异化和固化,甚至不乏个别文学史家的偷懒,现今发行较大的几种现代文学史,都不同程度地存在各种大小不等的问题。

为了更客观地展现和再现白话文学史的历史全貌,也为了弥补文学史界在"重写文学史"中资料不全的遗憾,特选编《中国新文学史研究书系》。

《中国新文学史研究书系》,作为一套规模比较大、比较珍稀的史料丛书,系迄今为止国内首次选编和出版,其中收录了:苏雪林在武汉大学写作并内部印刷的《新文学研究》(1934年)、陆永恒的《中国新文学概论》(克文印务局,1932年)、王哲甫的《中国新文学运动史》(杰成印书局,1933年)、王丰园的《中国新文学运动述评》(新新学社,1935年)、霍衣仙的《最近二十年中国文学史纲》(北新书局,1936年)、吴文祺的《新文学概要》(亚细亚书局,1936年)、李一鸣的《中国新文学史讲话》(世界书局,1943年)、任访秋的《中国现代文学史》(前锋报社,1944年),以及外国学者撰写的新文学史著作:比利时的文宝峰的《新文学运动史》(*Histoire de La Litterature chinoise moderne*,1946年)。《新文学运动史》是中国新文学、新文化走出国门的一个标志,在文学史和文学传播史上也是占有重要一席。

其中尤为值得一说的是,北岳文艺出版社斥资对文宝峰的《新文学运动史》进行了翻译,译者为留法博士杨蕾。这是国内外首个译本,也是比较权威的译本。

《中国新文学史研究书系》没有求全,而是确立重要与珍稀兼顾的原则,选取"新文学史"。选本绝大多数采用的是首版版本,其中苏雪林的《新文学研究》来自厦门大学谢泳教授的收藏和推荐，在此表示感谢。其余各书，少数为编者本人所藏，多数系编者赴美时从美国各大学图书馆获得并扫描完成，真正实现了一次学术无国界的自由共享，其中的感念是每一个读者应该可以体验和想象到的。

《中国新文学史研究书系》选编的另一个特点是简体排版。为了方便研究者阅读，本套文学史书系全部改为简体排版，标点符号也采用新式标点，这在国内外也是首次。在编排中，除了极个别字句的明显错误予以修正之外，其他方面在不影响阅读的情况下，则尽量均遵照原版，有助于读者还原民国图书出版的历史现场感。

《中国新文学史研究书系》得以面世，得到过学界前辈丁帆、李新宇、谢泳、李怡等教授的指教和帮助，在此一并表示感谢。

《中国新文学史研究书系》为国内首次选编和简体排版，难免存在各种不足，敬请各位同仁批评指正。

陆东平
2018 年 3 月 18 日

# 序

子展先生嘱我替他的这本大著作序,使我很感到荣幸,因为他这本书是我所极爱读的。坊间有许多文学史的著作.大都是把别人的议论掇拾成篇,毫无生发,而造句行文,又多枯燥。本书则有他自己研究的心得,并且时带诙谐。以前我读小泉八云或是胡适的文章,为他们流畅而又条理清楚的文笔所吸引,几至不忍释手。现在我看子展的这本书,也有同样的感觉,很自然的在两天以内把全部愉快的看完。

最使我佩服的是作者对于文学的主张或态度。他沉浸于旧籍,而能不为旧籍所迷醉;他对于假古董的王闿运,反白话文学的章太炎、章士钊之流,加以露骨的解剖,把他们辞穷的窘态,形容得淋漓尽致,使人如读小说一般的感到兴趣和痛快。他是我们"人话文"的战士,他替"鬼话文"打了最后的丧钟。

其实,这本书也可以名为《二十世纪中国文学主潮》,因为他把近三十年来文学变迁的大势,说得非常清楚。例如,在第二、三章里,他先叙述学汉魏诗,学唐诗宋诗的一些复古派。然后再叙述黄遵宪、梁启超等辈的所谓新派,中国的诗界是怎样从空疏到不能再翻新意的绝路重辟为收容外来术语和境界的新路,可以在这两章里得到一个很明确的观念。又如第十章和第十一章前半,他叙述文学革命运动的经过,先受林纾的责难和讽刺,复受学衡派的攻击,章炳麟的轻视,章士钊的反响,处处都足以阻碍新文学的发展,作者把胡适、陈独秀等家怎样艰苦地与他们鏖战，终于使他们开不得口，都说得源源本本，头头是道。虽然经过小小的波浪，但海洋船总是向前猛进的。

作者在第六、七两章《词曲的提倡和小说的发展》里，尤其注重近代人所刻的小说词曲的总集以及研究文字，这不但替近三十年来的文学研究，结了一番总帐，更可以使读者知道在全般的《中国文学史》里，还有这样丰富的园地。第八章《敦煌俗文学的发见》自然也可以使后来作文学史的人对于文学的进化改变他的观念的。

子展所作最后一章后半段叙文学革命运动以后新文坛的概况，颇多引用我的《中国文学小史》，但因我著那本小书时是在一九二六，现在虽只事隔三年，却已新增了许多书店，新出了许多文学书，情形大非昔比，所以子展要我在序中替他补说几句。不过，只是新诗一项，我曾有过统计，到一九二九年九月为止，倘不加抉择的来说，诗人至少有七十几个，诗集至少有一百多种。他这部书现在就要付印，我当然没有这个本领把一切新书在几天以内看完。所以我现在只能就我所看过的，略说几句。

关于新诗方面，我曾说过已有四个时期：一、词化的诗，二、自由诗，三、小诗，四、西洋体诗，但现在似乎应该加上第五期——象征诗。李金发在很早作《微雨》时，即已仿法国范尔·伦(Verlaine)作诗，后来又续出《为幸福而歌》《食客与凶年》等。胡也频的《也频诗选》，即是专摹拟金发的。这一派的诗修辞极佳，惟用字似夹杂文言，为世所诟病。有人说他们是只有诗料，而无组织的。但也频诗似较金发为易解。此后冯乃超作《红纱灯》，诗中多用朦胧字眼，如"氤氲""轻绡"之类。穆木天作《旅心》，则直接声明他的诗是学法国象征派拉佛格(Jules Laforgu)的。戴望舒的《我的记忆》是学法国象征派耶麦（Francois Jammes）的。蓬子的《银铃》所用的暗喻也极多。此外如后期的梁宗岱喜爱哇莱荔（Paul Valery），石民喜爱波特来耳（Baudelaire），都可以属于这一派，虽然其中有难懂的，有易解的，而师承又各有不同，但总之都是喜爱法国象征派的诗人的，所以又可以称为"拟法国象征诗派"。所不同者，第四期是有意的运动，而这一期是各作家自由发展，不曾联合起来罢了。

关于小说方面，友人某君以为子展最好再加上丁玲、徐霞村、王鲁彦、黎锦熙、孙席珍，我也颇以为然。此外应加的作家自然还有很多。一九二八年新兴的作家中如龚冰庐、顾仲起、钱杏邨、楼建南、洪灵菲、戴万叶、周毓英、金石声、华汉、孙侠夫、杨邨人，至少是应该当作一团而加以论列的，惜我忙于琐事，虽极想遍览这十几家的著作，终于不曾得着机会，只得待诸异日。但我可以说，这十几家是代表着最新的小说倾向。

关于戏剧和散文方面，似乎还是不及小说的作家辈出。我约略统计过，到一九一九年六月为止．小说家至少有一百三十几家，但戏剧和散文的作者我猜想每一种似乎都不能超过四十家。全民书局出版的《近十年来中国散文》我以为选得很不坏的。

杂乱的说了几句．权当作序。子展希望我作长序，而我却写得这样短。老实说，我对于现代作家的著作也看得很少，还不能作什么扼要的品评。我希望在两年以后，我能为这部书写一篇长序，不知能如所愿否？

一九二九，一〇，一五，赵景深

# 例　言

一　本书继胡适之先生《五十年来中国之文学》及拙编《中国近代文学之变迁》而作，惟取材设论，仍袭二书者不及百分之十。持较二书，其间取舍繁略，亦颇有异同。

二　拙编前书不过用作七八小时之讲稿，仅以数日课毕之余力为之，故不免于苟简。本书虽仍用讲义体，惟因竭半年课毕之余力为之，故稍为繁富。

三　敦煌俗文学之发见，及其被人珍视，而或加以研究，自是近三十年文学史上值得提及之一事。顾编者尚无机缘得至北京、伦敦、巴黎，一探其图书馆内敦煌卷子。仅据他人所见立言，略无新意，殊为憾事。

四　三四年以来，作家如林，作品薪积，原拟专篇论列。继以仓卒成书，无暇遍读诸家作品；益以作者新兴，与时孟晋，遽加个别论定，困难之点殊多；故惟略述一时风气之所趋而已。倘若拘拘于三十年成数，则本书起自甲午，讫于癸亥，自是以后，数年间之文坛，固已不在吾之论域以内。他日有暇，当别作"现代中国文坛鸟瞰"，以继此书。

五　编者初意欲为三十年来之中国文学结一总帐，遍读诸家名作，归纳多人评述，而自缀长编。无奈腹笥既俭，行箧亦贫，故虽愿尽其最善之力而有不能，致所成就，不过如此。尚希海内闳雅君子有以教之！

六　本书之成，曾得到许多有益之指示，或有力之帮助，因此谨致敬意于姜咏洪先生、李铁星先生、曹云盒先生、左舜生先生，暨老友礼吾、伯钧诸兄。最后，景深兄为我校正几处．并允作序以补书中之所未及，尤为感谢。而张秉文先生肯为出版，亦当于此表示谢衷。

# 目 录

一 序论——三十年来中国文学的剧变 /001
二 诗界的流别及其共同倾向（上） /012
三 诗界的流别及其共同倾向（下） /029
四 古文的演变与新文体的发生（上） /058
五 古文的演变与新文体的发生（下） /075
六 词曲的提倡和小说的发展（上） /093
七 词曲的提倡和小说的发展（下） /104
八 敦煌俗文学的发见和民间文艺的研究（上） /123
九 敦煌俗文学的发见和民间文艺的研究（下） /143
十 文学革命运动（上） /155
十一 文学革命运动（下） /177

# 一 序论——三十年来中国文学的剧变

中国三十年来的文学，在文学史上是一个最重要的时期。这个时期，文学的各部分都显现着一种剧变的状态，和前一时期大两样。即如桐城文派和江西诗派在前一时期是极有势力的文学；但到了这个时期，已不能继续前一时期的权威，只能算是前一时期的残余了。以前的中国文学是自为风气的文学；到了这个时期，就开始接受西洋的影响了。以前的中国文学，重在摹仿古人，摹仿古代；到了这个时期，就开始要求创造现代的现代人的文学了。以前的政府待遇文人的政策，是用八股试士，科举抡才的，这种政策的流毒，最足锢蔽文人的思想，妨害文学的进步；到了这个时期，最初就有不少的人对它怀疑攻击，后来就得废八股，停科举了。以前的所谓文学，差不多只限于诗古文辞的；到了这个时期，一向看做小道末技的小说词曲，乃至民间流行的所谓鄙俗歌谣，下等小说，都要把它同登文学的大雅之堂，各各还它一角应有的地位了。以前的文学工具——语言文字，是不成什么问题的；到了这个时期，由国语运动以至国语文学运动，语言文字的解放，成为文学革命的中心问题，甚至有人主张废弃汉字了。以前的文学，只算得士大夫的干禄之具，或消遣之物的，换言之，只是特殊阶级极少数人利用或享乐的东西；到了这个时期，文字要怎样才得给大众容易使用，文学要怎样才得成为平民的，就都成了问题；从今以后，文学成为替民众喊叫，民众替自己喊叫的一种东西，这样的时期，快要到来了。这种种的演变，虽极缤纷奇诡之观，却有一种共同的特色，便是反抗传统；这种种的演变，虽似突如其来地一一发生，实则共同的其来有自，便是社会背景。现在暂引他人的话，在我的说明之前。

  文艺复兴时代的到来，是因为生产关系到了资本主义前期。地中海沿岸有商业都市的兴起，封建的贵族地主至此乃竖起反叛神权政治的旗帜，要求自由解放，要求希腊、罗马时代古典文艺之复兴。这风气，到了十七八世纪，因为发见时代的到来，重商主义兴起，于是成为古典主义。以后，接着是产业革命，资产阶级渐渐抬起头来，封建贵族为保持残余势力，有使人忘怀现实，憧憬理想之浪漫主义。但是浪漫主义的思想卒不能遏资产阶级的发展，自经法国大革命，资产阶级在经济上政治上却有了充分的力量，于是遂有写实主义驱逐浪漫主义而出现。二十世纪的初头，因为资本主义的发展，渐渐降落，同时，无产阶级有抬头之势，于是在文艺上自写实主义一变而为新浪漫主义，资产阶级谋以此而挽其颓运。大战以后，无产阶级有长足的势力，新浪漫主义遂销声匿迹，不得不让其地位于新写实主义了。

  这是欧西文艺思想的转变。我们中国因为经济基础之始终在资本主义前期，所以数千年来常停顿于拟古主义而丝毫没有发展。当春秋战国以前，井田制度未毁，贵族当国，所以那时的文学是君主贵族的文学。井田制度破坏以后，经济进于资本主义前期，官僚士大夫踏上政治舞台，这状态，直到现在，还没有大变，故其文学为官僚贵族的文学。近顷以来，因为资本主义的发展，工商阶级渐渐得势，颇苦于古文学之不能尽量自由发表其思想，于是有打破旧形式的束缚的新文学之出现。梁启超《新民丛报》的报章文字倡于先，《新青年》的白话文字继于后，现今我国文学界，可说全是此二种文字的势力。（仲云《通过了十字街头》，《小说月报》第二十卷第一号。）

像上面这样的解释，无论其说得圆满与否，但他从经济上来解释文艺的演变，立场自是站得极稳的。他说现今我国文学界可说全是报章文字白话文字二者的势力，这话也是不错的。梁启超派的报章文字所以风行于"戊戌政变"后，立宪运动与革命运动的对抗时期，因为那个时期，士大夫阶级中较为进步的分子，想从八股文外延长他们政治上学术上传统的特权；豪绅阶级中较为进步的分子，则想从地方势力握得中央势力。报章文字最是合于他们通情达意的一种东西，所以这种文字在当时就很流行。这是由于国际帝国主义的侵入，中国封建势力开始动摇时候的一种现象。到了"辛亥"以后，国际帝国主义与国内封建势力对于民众的压迫愈加紧逼。新兴的资产阶级要求自由发展，同时有觉悟的无产阶级或无产者要求彻底解放，所以在"五四""五卅"的前后，乃有陈独秀、胡适一班人提倡的白话文字，突破旧文学的束缚而得解放的自由的文体，就代报章文字应运而兴。总而言之：中国已经要由封建社会跳到资本主义的社会了，人民的生活不复像从前一样的余裕、幽闲，生活上的竞争日益激烈，影响到文字上的简单化、敏捷化、通俗化，自然成了不可逃避的事实。

话须回头去说：原来中国的大势，自经一八九四年（光绪二十年）所谓"甲午之役"以后，三十年来也正在一个剧变的时期。固然我们也可以说，靠近这个时期以前四五十年间的中国已经有若干的转变了。如在一八四〇年（道光二十年）鸦片之战以后，又有一八六〇年（咸丰十年）英法联军打破津京，焚毁圆明园的恶剧；又有一八八三——一八八五年（光绪九年——十一年）为着安南和法国的战争；外患相逼而来，因此国内也有不少的兴革。不过这种种的兴革，这种种的改变，只是形式的，虚伪的，敷衍一时的，其本来的实质，精神，根本未变。所以严复说："中国知西法之当师，不自甲午有事败衄之后始也。海禁大开以还，所兴发者亦不少矣。译署一也，同文馆二也，船政三也，出洋肄业四也，轮船招商五也，制造六也，海军七也，海署八也，洋操九也，学堂十也，出使十一也，矿务十二也，电邮十三也，铁路十四也。拉杂言之，盖不止一二十事。此中大半皆西洋以富以强之基，而自吾人行之，则淮橘为枳。若存若亡，不能实收其效。"（《原强》）直到甲午之役，以广土众民的中国，败于新进岛国区区日本之手，而且败的如是其速，如是其一蹶不振，中国的弱点才全然暴露出来。以前自命为睡狮的，这个时候给人家看清了，原来只是一只纸老虎！这真是中国自开海禁以来国势上的一个大变动！从此以后，不但战胜国的日本帝国主义要向中国要求割地赔款，以及其他种种权利利益，那些西洋帝国主义的国家，对于中国也都轻视起来。他们为了扩张市场，搜求原料，种种经济上的需要，对于中国不遗余力的大肆侵略。什么"瓜分中国""划定势力范围""利益均沾""门户开放"……这都是他们用以侵略中国彼此先后不同的口号。可怜！西洋的工业经济打进来了，中国的农业经济于相逼之下而生动摇；两洋"动"的文明闯进来了，中国"静"的文明于相形之下而生动摇；这种种动摇，都逼着老大的中国要开展一个新的局面。所以我们可以说，从甲午之役以后，三十年来的中国，正在一个剧变的时期。而甲午之役正是这种剧变的一个总关捩。倘若说，中国民族到了快要灭亡的时期，那末，甲午之役那样的大挫败，便是叫他灭亡的一种预兆。倘若说，中国民族到了快要醒觉的时期，那末，甲午之役那样的大挫败，便是促他醒觉的一种鞭策。总之，甲午之役已逼着中国民族走到了一个生死存亡的关头，它所给与中国民族的刺激，教训，苦恼，悲愤，愿望，要求……该是何等地深刻，沉痛，丰富，热烈呀！我们只要略看一看它给与当时文学界的影响，以及其时比较觉悟的文学家作如何的表示。

### 降将军歌

冲围一舸来如飞，众军属目停鼓鼙。船头立者持降旗，都护遣我来致辞："我军力竭势不支，零丁绝岛危乎危。龟鳖小竖何能为？岛中残卒皆疮痍。其余鬼妻兵家儿，锅底无饭枷无衣。纥干冻雀寒复饥，六千人命悬如丝。我今死战彼安归？此岛如城海如池，横排各舰珠累累。有炮百尊枪千枝，亦有弹药如山齐。全军旗鼓我所司，本愿两军争雄雌。化为沙虫为肉糜，与船存亡死不辞。今日悉索供指麾，乃为生命求恩慈，指天为正天鉴之。"中将许诺信不欺，诘朝便为受降期，两军雷动欢声驰。磷青月黑阴风吹，鬼伯催促不得迟。浓薰芙蓉倾深卮，前者阇棺后舆尸，一将两翼三参随。两军雨泣咸惊疑，已降复死死为谁？可怜将军归骨时，白幡飘飘丹旐垂。中一丁字悬高桅，回视龙旗无孑遗！海波索索悲风悲！悲复悲！噫！噫！噫！……

## 度辽将军歌

闻鸡夜半投袂起,檄告东人我来矣。此行领取万户侯,岂谓区区不余畀!将军慷慨来渡辽,挥鞭跃马夸人豪。平时搜集得汉印,今作将印横在腰。将军乡者曾乘传,高下句骊踪迹遍。铜柱铭功白马盟,邻国传闻犹胆颤。自从弭节驻鸡林,所部精兵皆百练。人言骨相应封侯,恨不遇时逢一战。雄关巍峨高插天,雪花如掌春风颠。岁朝大会召诸将,铜炉银烛围红毡。酒酣举白再行酒,拔刀亲割生彘肩。自言平生习枪法,炼目炼臂十五年。目光紫电闪不动,袒臂示客如铁坚。淮河将帅巾帼耳,萧娘吕姥殊可怜。看余上马快杀贼,左盘右辟谁当前!鸭绿之江碧蹄馆,坐令万里销烽烟。坐中黄曾大手笔,为我勒碑铭燕然。么么鼠子乃敢尔!是何鸡狗何虫豸?会逢天幸遽贪功,它它藉藉来赴死。能降免死跪此牌,敢抗颜行聊一试。待彼三战三北余,试我七纵七擒计。两军相接战甫交,纷纷鸟兽空营逃。弃冠脱剑无人惜,只幸腰间印未失。将军终是察吏才,湘中一官复归来。八千子弟半摧折,自衣迎拜悲风哀。幕僚步卒皆云散,将军归来犹善饭。平章古玉图鼎钟,搜箧价犹值千万。闻道铜山东向倾,愿以区区当芹献。藉充岁币少补偿,毁家报国臣所愿。燕云北望忧愤多,时出汉印三摩挲。忽忆辽东浪死歌,印兮印兮奈尔何!

这两首诗都是黄遵宪的,前一首是为降将军丁汝昌而作,后一首似乎是说逃将军吴大澂的。甲午之败,落后的封建主义的势力敌不过新兴的资本主义的势力,固然是它的总原因,但在诗人看来,将帅的不和、无用、怯懦、虚伪、腐败,却是致败的惟一的缘故，这不能不令人悲愤无涯了！那时黄遵宪还有《悲平壤》《哀旅顺》《哭威海》《台湾行》等诗，也都是为着这个足以激动全民族心灵的大事件而发的一些慷慨激越之作。他在当时真不愧为一个为民族喊叫的诗人！

### 《莽苍苍斋诗》自叙

天发杀机，龙蛇起陆，犹不自惩，而为此无用之呻吟，抑何靡与？三十年前之精力，敝于所谓考据词章，垂垂尽矣。勉于世，无一当焉。愤而发箧，毕弃之。刘君淞芙独哀其不自聊，劝令少留，且捃拾残章为补遗，姑从之云尔。光绪二十年十二月也。

这是谭嗣同的文章。他愤而要尽弃旧稿，不肯"为此无用之呻吟"，这也是甲午之役所给与文学者的刺激而生的另一种反应。他想建立新文学，所以他试作"新学诗"，而倡"诗界革命"；他想建立新政治，所以他参与戊戌维新运动，不惜以身殉之。论他那种叛逆的精神，牺牲的精神，我以为应该永随中国民族之存在而存在！

### 水调歌头

拍碎双玉斗，慷慨一何多！满腔都是血泪，无处著悲歌。三百年来王气，满目山河依旧，人事竟如何？百户尚牛酒，四塞已干戈。　　千金剑，万言策，两蹉跎。醉中呵壁自语，醒后一滂沱。不恨年华去也，只恐少年心事，强半为销磨。愿替众生病，稽首礼维摩。

### 满江红·赠魏二

如此江山,送多少英雄去了。又尔我蹋尘独溅,睨天长啸。炯炯一空馀子目,便便不合时宜肚。向人间一笑醉相逢,两年少。　　使不尽,灌夫酒。屠不了,要离狗。有酒边狂哭,花前狂笑。剑外惟馀肝胆在,镜中应诧头颅好。问匏黄阁外一畦蔬,能同否。

这是梁启超甲午所作的词,读者不必以词律求之,看来总不失为当时一种发愤爱国,慷慨悲歌之作。

东事战败,联十八省举人三千人上书,次日美使田贝索稿,为人传抄,刻遍天下题曰《公车上书记》。是时主和者为军机大臣孙毓汶,众怒甚,孙畏不朝,遂辞位。

海东龙泣舰沉波,上相辎轩出议和,辽台肮肮割山河。抗章伏阙公车多,连名三千毂相摩,联轸五里塞巷过。台人号泣秦桧歌,九城谣谍遍网罗。扛棺摩拳,击鼓三挝。桧避不朝,辞位畏诃。美使田贝惊士气则那!索稿传钞,天下墨争磨。呜呼!椎秦不成奈若何!

这是康有为的诗。他反对当时政府割弃辽、台的和议。他这种诗很足以代表当时文学者的一种义愤。再,从他领导起来的三千举子公车上书的那种运动,还可看出当时一般专代圣贤立言的八股文人已经感觉时代的严重,要表示自己的意思,要说自己的话,而且开始要用集团精神,或群众运动的方式来表现了。从此,文人开始要从八股文里得救出来,文学开始要从死气沉沉里复活过来,文学和政治的关联要密接起来,文学的进展,和时代的进展,渐渐有要求同其步调的趋势。这不能不说是中国文学到了一个剧变的时期。现在再引那时康有为在北京保国会演说辞里的一段于此。

　　故在国初时，视英、法各国皆若南洋小岛。虽以纪文达校订《四库》，赵瓯北札记《二十二史》，阮文达为文学大宗，皆博极群书；而纪文达谓艾儒略《职方外纪》，南怀仁《坤舆图说》，如中土瑶台阆苑，大抵寄托之辞；赵瓯北谓俄罗斯北有准葛尔大国，以铜为城，二百方里；阮文达《畴人传》不信对足抵行。令人环游地球，座中诸公有踏遍者，吾粤贩商估客视为寻常，而乾嘉时博学如诸公尚未之知。至道光十二年，英人轮舟初成，横行四海，以轮船二艘犯广州，两广总督卢敏肃以三千师船二万兵御之而败。卢公曾平猺匪赵金陇者。宣宗诏谓："卢坤昔平赵金陇曾著微劳，不料今日无用至此！"卢敏肃虽言洋船极大，而既无影镜灯片，宣宗无从见之，无能自白也。暨道光二十年，林文忠始译洋报，为讲求外国情形之始。败于定海、舟山。裕谦、牛鉴、刘韵珂继败。舰入长江，而震天津，乃开五口。宣宗乃知洋人之强，在船坚炮利，命仿制之；西人如何，实未知也。道光二十九年，咸丰六年、八年、十年，屡战屡败，输数千万，开十一口，乃至破京师，文宗狩热河，洋使入驻京师，亦可谓非常之变矣！然而士大夫以犬羊视之，深闭固拒。同治三年，斌椿遍游各国，等于游戏，无稍讲求之者。曾文正与洋人共事，乃始少知其故，开制造局译书，置同文馆、方言馆、招商局。文文忠乃遣美人蒲安臣，与志刚、孙嘉谷出使各国，首用洋人，如古之安史那、金日䃅，实为绝异之事。当时欲遣京官五品以下正途翰林六曹出身入同文馆读书，最为通达。而倭文端限之。自是虽轺车岁出，而士大夫深恶外人，蔽拒如敌。甲申之役，张南关之功，日益骄满。鄙人当时考求时局，以为俄窥东三省，日本讲求新治，骤强示威，必取朝鲜。曾上书请及时变法自强，而当时天下皆以为狂。壬辰年，傅南雅《译书事略》言上海制造局译出西书，售去者仅一万三百余部，中国四万万人，而购书者乃只有此数，则天下士讲求中外之学者能有几人？可想见矣！非经甲午之役，割台偿款，创巨痛深，未有肯翻然而改者。至此天下志士，乃知渐渐讲求，自强学会首倡之。遂有官书局、《时务报》之继起。于是海内缤纷，争言新学，自此举始也。

我们从他这段话里可以看出甲午之役以前五六十年间中国大势已走向转变的途中。直到甲午之役"割台偿款，创巨深痛"，中国的大势才到了一个剧变的时候。其实这种变化，正是必然的趋势。从这时候起的中国，已成了帝国主义列强经济竞争的中心。换言之，中国已成了国际帝国主义的殖民地——次殖民地。中国社会向来生活于闭关自足的农业经济之下，现在这种生活的秩序快要给西洋的工业资本主义经济的侵略而破坏了。中国快要由半封建的社会走向资本主义的社会了。社会的经济现象既然起了一个这样大的变化，建筑于经济基础之上的一切社会的精神现象，如政治，法律，宗教，哲学，艺术，等等，当然要因其下层基础——经济基础的转变，而决定其转变的相当的形式。康有为说的甲午之后"海内缤纷，争言新学"，这便是因为下层基础的转变，影响及于上部构造的缘故。文艺既为建筑于经济基础上之一种上部构造的形态，故因其经济基础之转变，亦自有其相当的转变。所以我们可以说三十年来的中国社会既已处在一个剧变的时期，反映社会生活的文学，随着时代的，社会的生活之剧变而生剧变，将至转而成为显示将来的新时代新社会的一种标识，这并非偶然的事。往后析论这个时期文学各方面的变迁，只能从它的本身变化之迹加以推究，或不能随时触到它的背景的，这时算是先为发凡了。

## 二　诗界的流别及其共同倾向（上）

我们要评述这三十年来的诗，不可不明了这三十年间诗界的情况。三十年来诗界的情况，和三十年以前的诗界并非截然无关；即算时代的生活和思想已有若何的变迁，而表现这时代精神的诗界也随着而有若干的变迁，但在这种变迁之中仍然可以找出一个异同沿革的线索，这是无疑的。在未述鄙见之先，略述他人关于这个时期诗界的观察。陈衍说："道咸以来，何子贞、祁春圃、魏默深、曾涤生、欧阳䂳东、郑子尹、莫子偲诸老，始喜言宋诗。何、郑、莫皆出程春海（恩泽）先生门下。湘乡诗文字皆私淑江西。洞庭以南，言声韵之学者稍改故步，而王壬秋（闿运）则为《骚》《选》盛唐如故。都下亦变其宗尚张船山、黄仲则之风，潘伯寅、李莼客诸公稍为翁覃谿。吾乡林欧斋布政（寿图）亦不复为张亨甫，而学山谷。嗣后樊榭、定庵，浙派中又分两途矣。"（《石遗室诗话》）这是说三十年以前的诗界。陈衍又说："前清诗学，道光以来一大关捩。略别两派：一派为清苍幽峭，自《古诗十九首》，苏、李、陶、谢、王、孟、韦、柳以下，逮贾岛、姚合，宋之陈师道、陈与义、陈傅良、赵师秀、徐照、徐玑、翁卷、严羽，元之范梈、揭傒斯，明之钟惺、谭元春之伦，洗炼而熔铸之，体会渊微，出以精思健笔。蕲水陈太初《简学斋诗存》四卷，《白石山馆手稿》一卷，字皆人人能识之字，句皆人人能造之句；及积字成句，积句成韵，积韵成章，遂无前人已言之意，已写之景；又皆后人欲言之意,欲写之景。当时嗣响,颇乏其人,魏默深(源)之《清夜斋稿》稍足羽翼,而才气所溢,时出入于他派。此一派近日以郑海藏为魁垒,其源合也;而五言佐以东野,七言佐以宛陵、荆公、遗山,斯其异矣。后来之秀效海藏者,皆效其似太初者也。其一派生涩奥衍,自急就章《鼓吹词》《铙歌十八曲》以下,逮韩愈、孟郊、樊宗师、卢仝、李贺、梅尧臣、黄庭坚、谢翱、杨维桢、倪元璐、黄道周之伦皆所取法,语必惊人,字忌习见。郑子尹(珍)之《巢经巢诗钞》为其弁冕,莫子偲足羽翼之,近日沈乙庵、陈散原实其流派,而散原奇字,乙庵益以僻典,又少异焉,其全诗亦不尽然也。其樊榭、定庵两派,樊榭幽秀,本在太初之前,定庵瑰奇,不落子尹之后。然一则喜用冷僻故实,而出笔不广,近人惟写经斋、渐西村舍近焉。一则丽而不质,谐而不涩,才多意广者,时乐为之,人境庐、樊山、琴志诸君由此其选也。"这已经说到最近三十年的诗界了。钱萼孙云:"诗学之盛,极于晚清,跨元越明,厥涂有四:瓣香北宋,私淑西江,法梅、王以炼思,本苏、黄以植干,求阙、经巢、蝯叟振之于先,散原、海藏、苍虬大之于后,此一派也。远规两汉,旁绍六朝,振采蜚英。骚心选理,白香、湘绮凤鸣于湘、衡,百足、裴村鹰扬于楚、蜀,此一派也。无分唐宋,并咀英华,要以敷腴为宗,不以苦涩为尚,抱冰一老,领袖群贤,樊、易承之,拓为宏丽,此一派也。驱役新意,供我篇章,越世高谈,自辟户牖,公度、南海蔚为大国,复生、观云并足附庸,此一派也。"(《近代诗评》,《学衡》五十二期)这也说到最近三十年的诗界。最近三十年诗界的流别,大体固可以如他们所评,但是何以适于此时显现这样的情状,却未加以精密的或清晰的剖论。那么,他们评述的惬当与否,自然还成问题。我想就他们的评述及其所评述的对象,略为从新检视一番，同时附以鄙见，末了还想依据个人盱衡这个时期诗界的所得，试为指出这班诗人共同的精神，共同的倾向。为了达到上述目的起见，便不得不就这个时期几个重要的诗人的作品做一个鸟瞰。

汪国垣作《光宣诗坛点将录》（见《甲寅》周刊），把王闿运列做诗坛旧头领，冠于一代诗人之首。本来论他的高年硕望，自是一代诗人之冠冕。他生于一八三二（道光十三年），死于一九一六（民国五年），享年八十四岁。上可以看到满清的中兴，做曾国藩幕府中的少年上客；下可以活到民国，做袁世凯时候的国史馆馆长，他确是这个时期一个享盛名的老诗人！

王闿运字壬秋，晚号湘绮，湖南湘潭人。咸丰乙卯举人，后来钦赐翰林院检讨。著有《湘绮楼文集》八卷，《湘绮楼诗集》十四卷，《湘绮楼别集》三卷。其他著述尚多，都收到《湘绮楼全集》。他的《发祁门杂诗》二十二首，《独行谣》三十章，以及《圆明词》，都算是有关时代的鸿篇巨制。尤以《圆明词》为最有名，系传诵一时之作。这些诗可惜都长了，不好做例。现在看他的五言诗最得意之作。

### 入彭蠡望庐山作

轻舟纵巨壑，独载神风高。孤行无四邻，窅然丧尘劳。晴日光皎皎，庐山不可招。扬帆挂浮云，拥楫玩波涛。昔人观九江，千里望神皋。浩荡开荆扬，潎洌听来潮。圣游岂能从？阳岛尚嶕峣。川灵翳桂旗，山客闷金膏。委怀空明际，傲然歌且谣。

他曾自夸的说："俗人论诗，以为不可入经义训诂，此语发自梁简文、刘彦和。又云不可入议论，则明七子惩韩、苏、黄、陆之敝，而有此说。是歧经史文词而裂之也。或不遵其言，又腐冗叫嚣而不成章。余幼时守格律甚严，矩步绳趋，尺寸不敢失。及后贯彻，乃能屈刀为镜，点铁成金。如此篇'皋''潮'二韵，是考据也……廿字中考证辩驳，从容有余，若不自注，谁知其迹？熔经铸史，此之谓也？"再举一首——

### 青石洞望巫山作

神山夙所经，未至已超夷。况兹澄波棹，翼被祥风吹。真灵无定形，九面异圆亏。晴云穴内蒸，积石露嵌奇。江湖汩无声，浩荡复逶迤。呼风凌紫烟，潄玉吸琼脂。赏心不期游，谁识道曾累。若有人世情，暂来被尘羁。

他说："此与《望庐山诗》，皆学谢'赤石帆海'（按谢灵运有《游赤石进帆海》一诗），光阴往来，神光离合，五言上乘也。"我们看了他这两首诗及其自述，就可以知道他的五言诗学谁，而且是如何的自负了。他的七言歌行自述系学李东川（李颀），他以为李东川在唐诗人中实兼诸家之长而无其短。他极恭维李东川的《杂兴诗》"沉沉牛渚矶"一首。他说："李东川《杂兴诗》，歌行之极轨也。其余名篇了然易见，唯此不易知也。余生平数四拟之，唯《回马岭柏树歌》稍似。"

### 回马岭柏树歌

泰山兮岧岽，下宜柏兮上宜松。松是仙人家，柏作神鬼宫。秦皇昔日无仙才，欲攀松树望蓬莱。飘风骤雨不能下，独立徘徊一松下。后来封禅凡几君，时君无德况群臣！霍家都尉死山顶，汉武匆匆旋玉轮。自此群臣陪法驾，行到松前尽回马。南看十里柏阴阴，肃肃泠泠无妄心。乘兴去后此阴在，士女时来听玉琴。我昔南行桂阳道，参天翠柏如云坶。株株自谓梁栋材，千年枉向荒山老。岂知此山百万株，云间各有神明扶。八十七君屡兴废，明堂梁栋皆丘虚。从臣向来见此柏，亦言名字垂金石。当时解笑秦汉君，今日几人如李霍。龙藏麟见古今殊，大圣栖栖非小儒。颖水牵牛渭投钓，阿衡负鼎闵怀珠。社栎十围欺匠石，卞珪三刖困泥涂。日暮长风送归客，且从松子访盈虚。

这是他的七言歌行最得意之作。陈衍评他的诗说："湘绮五言古沉酣于汉、魏、六朝者至深，杂之古人集中直莫能辨，正惟其莫能辨，不必其为湘绮之诗矣！……盖其墨守古法，不随时代风气为转移，虽明之前后七子无以过之也。"钱萼孙评说："王湘绮如三代法物，或疑赝鼎。"胡适就直说他的诗是"假古董"，甚至说他的《独行谣》《铜官行》一类的诗，有些不通。我也曾说过："他的诗极端摹仿古人，几乎没有我在。他几几乎要跳出他所生活的时代空气以外。他的诗大半是复制的六朝诗。"这些批评固然不能说是全不恰当，但是总不如他自己所见的来得确切。他说：

　　古之诗以正得失，今之诗以养性情，虽仍诗名，其用异矣。故余尝以汉后至今，诗即乐也，亦足感人动天，而其本不同。古以教谏为本，专为人作；今以托兴为本，乃为己作。史迁论诗，以为贤人君子不得志之所为，即汉后诗矣。诗主性情，必有格律，不容驰骋放肆，雕饰更无论矣。情动于中而形于言，无所感则无诗，有所感而不能微妙则不成诗。生今之世，习今之俗，自非学道有得，超然尘壒，焉能发而中，感而神哉。就其近以求之，观古人所以入微，吾心之所契合，优游涵咏，积久有会，则诗乃可言也。其功似苦，其效至乐。究而论之，如屠龙刻棘，无所用之。人生百年，幸有可乐。殊不必劳心于至苦，运神于无用。故余之论，未尝劝学诗，诚见其难也。然余生平志趣学问皆由诗入，则天性所近，工夫自然，初亦不料其通于大道，有如是效验也。孔子称夔不习于礼，则神于乐者尚有不达，斯古人之异与！学诗当遍观古人之诗，唯今人诗不可观：今人诗莫工于余，余诗尤不可观；以不观古人诗，但观余诗，徒得其杂凑摹仿，中愈无主也。总之：非积三四十年不能尽知古人之工拙。以三四十年之工力，治经学道必有成，因道通诗，诗自工矣。若性好文采，乐于吟咏，则由诗悟入，亦自捷径，而非可强求也。（《论诗法答唐凤廷问》）

他对于诗的见解略具于此。他以为学诗当遍看古人的诗，不可看今人的诗，更不可看他的诗；怕人家看了他的诗，徒得其杂凑摹仿，中愈无主。"今人诗莫工于余"，真只有他才可以这般自负！自己说"杂凑摹仿"，他真有自知之明！"余诗不可观"，这是他对于跟着他学诗的低能儿下的一个最严重的警告！

继承清中兴以来诗国的正统，而仍想握著这个时期诗界的权威的，就是所谓"同光体"。什么叫做"同光体"？陈衍说："丙戌（一八八六）在都门，苏堪告余，有嘉兴沈子培者，能为同光体。同光体者，余与苏堪戏目同光以来诗人不专宗盛唐者也。"其实这种不专宗盛唐的风气，乃是远从明朝李梦阳、何景明、李攀龙、王世贞一班人以来专宗盛唐，不读大历（唐代宗年号，七六六～七七九）以后书的反响。固然在那时候已经就有钟惺、谭元春一班人对于二李、何、王之流大加抨击，说是：唐自有古诗，不必选体；中晚皆有诗，不必初盛；欧、苏、陈、黄各有诗，不必唐人。别倡所谓"公安体""竟陵体"。可是他们的批评虽足服人，而自己的创作不满人意。清初的诗人仍然多主不分唐宋之说。王士禛的《古诗选》，便兼选宋元诸大家的诗。后来姚鼐的《今诗选》乃继《古诗选》而作，虽然自谓渔洋有渔洋之意，吾有吾之意，但兼选宋诗，用意正同他说："东坡天才有不可思议处，其七律只用梦得、香山格调，其好处岂刘、白所能望哉？山谷刻意少陵虽不能到，然其兀傲磊落之气，足与古今作俗诗者，澡濯胸胃，导启性灵。"推崇宋人苏、黄之诗，真是已够，已够。曾国藩作古文，说是国藩之粗解文章，由姚先生启之。他论诗亦极推崇苏、黄，比于李、杜，未尝不是受着姚鼐的影响。王闿运曾说："太傅（指曾国藩）喜效韩退之，间衍溢为黄鲁直。"陈衍也说："湘乡出，而诗学皆宗涪翁。"曾国藩自己也说："自仆宗涪翁，时流颇忻向。"——不错，和曾国藩同时的著名诗人，如郑珍、魏源、何绍基、莫友芝之流都喜谈宋诗。这种宗尚宋诗的风气，我们可以把它叫做"宋诗运动"。近三四十年来，所谓"同光体"，或所谓"江西诗派"，便是继续这个运动的产物。

我们要评述同光体，须得先看一看这一般人自己的议论、主张。虽说"不识庐山真面目，只缘身在此山中"，当局者未必自己全然看得明白，但有时主观的自白，乃是客观的批评不可少的根据。因此我就先述陈衍的论诗。

陈衍字叔伊，一字石遗。福建侯官人。光绪壬午举人。宣统时官学部主事。著有《石遗室诗附续集》四册，《石遗室诗话》三十二卷，《元诗纪事》四十卷，《近代诗钞》二十四卷，《诗学概论》一卷（未见）。其他《石遗室丛书》多种。他是近三十年里头一个最重要的诗评家。他所说这几十年来诗界的流别已如前述。现在且看他对于清一代所谓"诗教"的观感。他说："有清二百余载，以高位主持诗教者，在康熙曰王文简，在乾隆曰沈文悫，在道光咸丰则祁文端、曾文正也。文简标举神韵，神韵未足以尽《风》《雅》之正变。《风》则《绿衣》《燕燕》诸篇，《雅》则'杨柳依依''雨雪霏霏''穆如清风'诸章句耳。文悫言诗必曰温柔敦厚。温柔敦厚，孔子之言也。然孔子删诗，《相鼠》《鹑奔》《北门》《北山》《繁霜》《谷风》《大东》《雨无正》《何人斯》以迄《民劳》《板》《荡》《瞻卬》《召旻》，遽数不能终其物，亦不尽温柔敦厚，而皆勿删。故孔子又曰：'诗之失，愚。其为人也温柔敦厚而不愚，则深于诗者也。'故言非一端已也。文端学有根柢，与程春海侍郎为杜为韩为苏黄，辅以曾文正、何子贞、郑子尹、莫子偲之伦，而后学人之诗与诗人之言合而恣其所诣。于是貌为汉、魏、六朝、盛唐者，夫人而觉其面目性情之过于相类，无以别其为若人之言也。夫文简、文悫生际承平，宜其诗之为正风正雅，顾其才力为正风则有余，为正雅则不足。文端、文正时，丧乱云臶，迄于今变故相寻而未有屆，其去小雅尽废而诗亡也不远矣！"再看他论唐宋诗的异同及其关系。他曾和沈曾植论诗："盖余谓诗莫盛于三元，上元开元，中元元和，下元元祐也。君谓三元皆外国探险家觅新世界，殖民政策，开埠头本领。……余言今人强分唐诗宋诗；宋人皆推本唐人诗法，力破余地耳。庐陵、宛陵、东坡、临川、山谷、合山、放翁、诚斋，岑、高、李、杜、韩、孟、刘、白之变化也。简斋、止斋、沧浪、四灵，王、孟、韦、柳、贾岛、姚合之变化也。故开元、元和者，世所分唐宋人之枢干也。若墨守旧说，唐以后之书不读，有日蹙国百里而已。"他于诗既主不分唐宋之说，所以对于貌为汉、魏、六朝、盛唐的复古派颇加讥弹，于并世享盛名的王闿运也有微词。倒于掊击复古派的竟陵体并不十分菲薄，于钟惺、谭元春无甚恶评，一翻钱谦益、朱彝尊以来的旧说。他以为："竟陵之诗窘于边幅则有之。而冷隽可观，非摹拟剽窃者可比。""钟、谭好处在可医庸俗之病。"他说："近日号称能诗者多半效钟、谭。"这时诗界的风气也就可以想见了。

他说："作诗文要有真实怀抱，真实道理，真实本领，非靠著一二灵活虚实字可此可彼者斡旋其间，便自诧能事也。今人作诗知甚嚣尘上之不可娱独坐，百年万里天地江山之空廓取厌矣。于是有一派焉，以如不欲战之形，作言愁始愁之态，凡坐觉、微闻、稍从、暂觉、稍喜、聊从、政须、渐觉、微抱、潜从、终怜、犹及、行看、尽恐、全非等字，在在而是。若舍此无可著笔者。非谓此数字之不可用，有实在理想，实在景物，自然无故不常犯笔端耳。"他又曾告沈曾植说："君博极群书，治史学。西北舆地，旁究佛理。余亦喜治考据之学，除佛理余不下断语外，其实皆为人作计，无与己事。作诗尚是自己意思，自家言说。"他虽不曾把诗说做最高艺术，但他以为作诗要有真实怀抱，真实道理，真实本领；又以为只有诗是自己意思，自家言说，其他学问皆为人作计，无与己事；他把诗的价值看得最高最大。王闿运于诗重在"杂凑摹仿"，虽然一面说其功似苦，其效至乐，却一面说如屠龙刻棘，无所用之；人生百年，幸可有乐，殊不必劳心于至苦，运神于无用；这是他们两人对于诗的观点不同，也就是旧派当中两派不同的所在。

满清亡国以后，旧日官僚名士多自托遗老，吟诗见志。陈衍论这班诗人亦有特见。他说:"自前清革命,而旧日之官僚伏处不出者,顿添许多诗料。黍离麦秀、荆棘铜驼、义熙甲子之类,摇笔即来,满纸皆是。其实此时局皆羌无故实,用典难于恰切。前清钟簴不移,庙貌如故,故宗庙宫室未为禾黍也。都城未有战事,铜驼未尝在荆棘中也。义熙之号虽改,而未有称王称帝之刘寄奴也。旧帝后未有瀛国公、谢道清也。出处去就,听人自便,无文文山、谢叠山之事也。……今日世界,乱离为公共之戚,兴废乃一家之言。"这也是老人中很不错的见解。可惜一般自命为遗老的人,不会懂得这种道理!

陈衍虽是重要的诗评家,却不一定算是重要的诗人。这个时期最重要的同光体诗人乃是陈三立、郑孝胥。

陈三立字伯严,号散原,江西义宁人。光绪丙戌进士。官吏部主事。著有《散原精舍诗》。他的父亲为陈宝箴,戊戌时做湖南巡抚。他曾帮助他的父亲参与戊戌维新运动。失败后,绝意政治,抑塞磊落之气往往发之于诗。所以郑孝胥诗说:"噫嘻戊戌人,抚心未忘哀。"今举他的几首诗为例。

### 黄公度京卿由海南人境庐
### 寄书并附近诗感赋

天荒地变吾仍在,花冷山深汝奈何。万里书疑随雁鹜,几年梦欲饱蛟鼍。孤吟自媚空阶夜,残泪犹翻大海波。谁信钟声隔人境,还分新月到岩阿。

### 伤邹沅帆

沅帆汝岂伴狂死,腰腹槃槃此世无。增写图经萌国学,自浇酒盏避尘污。小儿德祖宁为伍,大侠朱家欲共呼。后世重编《独行传》,应怜一往落江湖。

### 短歌寄杨叔玫时杨为江西巡抚令入红十字会观日俄战局

海涎千斛鼍龙语,血浴日月迷处所。吁嗟手执观战旗,红十字会乃虱汝!天帝烧掷坤舆图,黄人白人烹一盂。跃骑腥云但自呼:而忘而国中立乎?归来归来好头颅!

### 除夕被酒奋笔写所感

纪年三十日已除,儿童鹅鸭相喧呼。高烛照筵杂羹饼,被酒突兀增长吁。国家大事识一二,今夕何夕能追摹。西南寇盗累数载,出没蹂躏骄负嵎。东尽黄河北岭徼,蛟鲸搏噬豺虎趋。雌雄彼此迄未决,发祥郡县频见屠。群鸟万菖益嗫我,阴阳开阖方龃龉。当今事势岂不了,奈何余气同尸居。自顷五载号变法,卤莽窃剽滋矫诬。中外拱手徇故事,朝暮三四绐众狙。任蒿作柱亦已矣!僵桃代李胡为乎?宏纲钜目那警省,限权立宪供揶揄。何况疲癃塞钧轴,嗫嚅浥洇别有图。剜肉补疮利眉睫,举国颠倒从嬉娱。公然白日受贿赂,韩愈所愤犹区区!吾属为虏任公等,神明之胄嗟沦胥!极念禹域数万里,久掷身命凭鞭驱。朋兴众说有由致,欲扫歧异归夷涂。士民覆幕出至痛,地方自治营前模。事急即无万一效,终揭此义开群愚。岁时胸臆结垒块,今我不吐诚非夫。闻者慎勿嗤醉语,点滴泪血沾衣襦。

这当然是《散原精舍诗》里的好诗。郑孝胥说他:"越世高谈,自开户牖。源虽出于鲁直,而莽苍排奡之意态,卓然大家,未可列之江西社里。"大约系指此等诗而言。不过我以为他的诗倒是江西诗派的嫡传。他作诗恶俗恶熟,不肯作一习见语,颇有矫揉造作之处。这固然正如曾国藩所说："造意追无垠，琢辞办倔疆，伸文揉作缩，直气摧为枉。"这正是江西诗派的特色。相传有一段这样的笑话，他作了一首诗——

### 九日从抱冰宫保至洪山宝通寺饯送梁节庵兵备

啸歌亭馆登临地，今日都成隔世寻。半壑松篁藏梵籁，十年心迹比秋阴。飘髯自冷山川气，伤足宁为却曲吟。作健逢辰领元老，下窥城郭万鸦沈。

张之洞看了，不解第七句，疑元老不宜见领于人。其实他们这派诗险怪僻涩的地方，何止这里一句一字？郑孝胥虽然说过"安能抹青红，搔首而弄姿"，又说"何须填难字，苦作酸生活"，可是学这派诗的人，每每过的是填难字的酸生活！所以张之洞对于这派诗，每有张茂先我所不解之喻，甚至骂为"江西魔派"——

江西魔派不堪吟，北宋清奇是雅音。双井半山君一手，伤哉斜日广陵琴！

这是他过芜湖吊袁沤簃的诗。袁沤簃即袁昶，字爽秋，浙江桐庐人，官至太常寺卿，因谏阻义和团事变被杀，追谥忠节，著有《渐西村舍集》。他是张之洞的门人。他的诗冷涩生硬。例如偶句——

日铸半瓯南棂汲，风漪八尺北窗凉。神禹久思穷亥步，孔融真遣案丁零。大千人为物之盗，（自注：为，母猴也。故对实字。）十二辰虫如是观。

此种诗真是走入魔道！"其父杀人，其子必且行劫。"追寻祸首，当然不会忘记江西派的初祖黄庭坚。所以张之洞的诗《摩围阁》云：

黄诗多槎枒，吐语无平直。三反信难晓，读之鲠胸臆。如佩玉琼琚，舍车行荆棘。又如佳茶荈，可啜不可食。子瞻与齐名，坦荡殊雕饰。枉受党人祸，无通但有塞。差幸身后昌，德寿摹妙墨。

张之洞自己作诗原来是要典雅的，但他看到江西诗派的走入魔道，他便不得不倡"清切"之说了！

反对张之洞诗主清切之说的有郑孝胥。

郑孝胥字苏戡，一字太夷，福建闽侯人，光绪壬午解元，官至湖南布政使，著有《海藏楼诗集》。有人说他的诗可比精思健笔的元遗山。他和陈三立齐名。他作《散原精舍诗集序》，辟诗主清切之说。但他后来看到学江西派的后生走入魔道，就觉得他的那种议论误了后生。而且他在《海藏楼杂诗》的一首里，拿浅语易解，不填难字，恭维（不如说是"讽"）陈三立了。今举他的几首诗为例。

### 题晚翠轩诗

称诗有高学，云以涩为贵。子岂真可人，所诣遽尔邃！诗怀文字前，未得殆难会。即论句法秘，大事匪狡狯。初如咀橄榄，枯中说滋味。终乃啖枇杷，甘平宜渴肺。子诗实早就，流宕可毋畏！试回刻意功，一极才与思。向来谬见推，浅语不予赘。仍当摹千文，为君题晚翠。

以涩为贵，林旭的《晚翠轩诗》如此，《海藏楼诗》何独不然？"平生作诗多苦语"，他曾以此自白呀！

**杜陵画像**

杜陵一生百不就，至死不为天所祐。谁知历劫行人间，造物安能如汝寿。诗者一人之私言，或配经史垂乾坤。丈夫不朽当自致，假手功名何足论。

"诗者一人之私言"，这正如陈衍所云："诗是自家意思，自家言说。"再举一首：

**世已乱身将老长歌当哭莫知我哀**

驻颜却老竟无方，被发缨冠亦太狂！归死未甘同泯泯，言愁始欲对茫茫。孤云万族身安托，落日扁舟世可忘。从此湖山换兵柄，肯教部曲识蕲王。

他的五十自寿句云："读尽旧史不称意，意有新世容吾侪。"他在晚清士大夫中比较是一个头脑清醒的人。他主张变法立宪，别创一个旧史所无之新世界，结果未见成功，他的晚年生活只合"长歌当哭"了！

此外还有须得提及的两个诗人——易顺鼎、樊增祥。他们两人和袁昶称为南皮（张之洞）三弟子。但他们的作风和袁昶不同，也和陈三立、郑孝胥诸人的刻苦吟咏两样。他们的长处在才气奔逸，他们的短处也就在卖弄他们的天才。

樊增祥字嘉父，号云门，别字樊山，亦号天琴，湖北恩施人，光绪丁丑进士，官至江宁布政使，著有《樊山全集》。他的诗七律最多，居全集十分之七八。最好次韵叠韵，有叠到三四十次的。会用典，会对仗，可说一时无两。陈衍尝替他作《摘句图》，刊于《近代诗钞》，说是可作馈贫之粮！其实做诗而至于仅仅在典故对仗上用工夫，想要因难见巧，这种技巧的可贵，也不过像能够由钱孔倒油，像能够用一个桃核刻东坡游赤壁一样。现在且看他的论诗。

**赋诗**（和王梅溪居武林小诗十一首之一）

秋实春华迥不同，夷言扫尽汉唐风。龙头总属欧洲去，且置诗人五等中。

这首诗他有自注，说是："向来考据家薄词章家，道学家薄考据家，经济家又薄道学；自西学盛，而中国之经济又无用；递推之而诗人居五等矣！"这是一个旧派诗人。对于外来学术输入，感到一种压迫的愤慨。再看他——

**论诗二首限讲绎二韵戏柬同座诸公**

收书入腹中，如钱投干铦。积书不能用，如舟胶于港。腹藁未落纸，如珠孕于蚌。尘牍不涴人，如瘿脱于项。琢句求华妙，如田费锄耩。盍持绿茗杯，坐听樊生讲。

诗中有秘色，如画有浅绛。诗中有玉声，如水有石淙。气蒸紫白云，联截青红虹。长风渡沧海，短兵接隘巷。鲜明云锦舒，清越霜钟撞。世人不解读，惊怪天书降。

## 余论诗专取清新以为近作者虽多于诗道
## 固未尽也赋此示戟传午诒

句律原参造化工，两间光景信无穷，若无盐豉莼何味？为有梅花月不同。略取蜀姜生辣意，定须越纸熟槌功。今当万事求新日，故纸陈言要扫空。

所谓诗之一物，在他看来，不过如此！他常自夸他的艳体诗，人家所以恭维他的亦在此。我以为他的代表作品，似乎当推《投殳集》《西京倡酬集》。但是庚子那样的事变，本来是惊天动地的事，容易成为惊心动魄之作。何况拿他所成就的，去比较同时黄遵宪的纪乱诸作，谁足以代表那个时代的诗人的收获，还待论定呢？

和樊增祥齐名的为易顺鼎。

易氏字实甫，又字中实，自号哭庵，湖南龙阳（今改汉寿）人。光绪己亥举人，官至广西江右道。他生于一八五八，死于一九二〇。他和宁乡程颂万、湘乡曾广钧，被称为湖南三诗人。他的诗集名目繁多，和樊增祥一样，几乎足迹所到，一地一集。陈衍称他的诗："屡变其面目，为大小谢，为长庆体，为皮、陆，为李贺，为卢仝，而风流自赏近于温、李者居多。虽放言自恣，不免为世所訾謷，要亦未易才也。"他幼有神童之誉，长有才子之称。可是他的诗并不能充分地表现他才情的狂热，他所自鸣得意的，乃在他的"冷趣"。

### 秋怀诗（只录一首）

吾诗耽冷趣，白日常冥搜。下笔幽想来，奔赴万古愁。竹屋一灯青，夜寒吟未休。有时不自主，身被精灵收。无人大荒外，只影贪清游。借兹空际涛，吹我胸中秋。吟成似初悟，顾影疑浮沤。万山烟雨深，独立西天头。

他的诗确有许多能表现他所说的"冷趣""幽想"。长诗太长了，只好引短诗。

### 舟中望雪短歌

微霞江山飘，林霏已先结。森然见诸峰，不辨云与雪。遥看峰缺处，高鸟明还灭。三峡一万山，寒光无断绝。

再举他更短的两首小诗。

### 天童山中月夜独坐二首

青山无一尘，青天无一云；天上惟一月，山中惟一人。

此时闻松声，此时闻钟声，此时闻涧声，此时闻虫声。

这虽不算是什么好诗，但他专朝这个方向走去，未尝不可以成个"冥想诗人"。无如他到了晚年与樊增祥一班人旅居北京，颠倒歌场酒肆，常常做所谓"捧角诗"。他少壮时期的狂热竟压不住了，乘老年精神的衰惫不能自制，乃冲决而出，淫滥的"捧角诗"便成了他晚年生活上最重要的纪录。这也许是他晚年的一种悲哀！

以上略述旧派诗已毕。

# 三　诗界的流别及其共同倾向（下）

这里所谓新派旧派，本无截然的界限。其实诗须是诗，派无分于新旧。而且他们诗的外形都是因袭的，绝少创体，不好分出什么新旧来。何况你方以为新的，转瞬又已成了旧的呢。不过为了叙述便利起见，姑且假定略已感受外来学术思想的影响，或时代潮流的刺激，渐能运用旧格律熔铸新材料的为新派（其中如黄遵宪已自命为新派）；又把能够运用旧格律翻译西洋诗的也附于新派。

中国自经甲午之役，一败涂地，真是创巨痛深，令人痛定思痛！清政府受了这样一个空前的刺激，渐渐有点儿醒觉，政治上才有了一点变法图强的动机。同时一般少年识时之士，受了这样一个严重的时代教训，思想上也就起了不少的变化。于是有的上书谈政治了，有的译书讲西学了，有的办报谈时务了，真是盛极一时。这时候文学上也因感受这种时代思潮的震荡渐渐而有新的倾向。散文方面发生谈时务的"新文体"了，同时韵文方面，以当时所谓"新学"为内容的"新派诗"，也就于这个时期萌芽。

林纾的《闽中新乐府》五十首，如《破蓝衫》《村先生》《兴女学》《百忍堂》《棠梨花》之类，已经是他于甲午以后住在福州日与友人谈时务所得新见解的新诗歌了。最值得我们注意的，当然还是谭嗣同、夏曾佑一班人所倡的"诗界革命"。谭嗣同字复生，号壮飞，湖南浏阳人。著有

《莽苍斋诗》及《仁学》。因戊戌政变被杀，为"戊戌六君子"之一，生于一八六五卒于一八九八。后来海宁陈乃乾辑有《谭浏阳全集》八卷印行。

谭嗣同曾把他的甲午以前所作诗叫做"旧学"，从此以后，另做所谓"新学"的诗。例如——

### 金陵听说法一首

而为上首普观察，承佛威神说偈言。一任法田卖人子，独从性海救灵魂。纲伦惨以喀私德，法令盛于巴力门。大地山河今领取，庵摩罗果掌中论。

梁启超云："喀私德即 Caset 之译音，盖指印度分人为等级之制。巴力门即 Parliment 之译音，英国议院之名。"又云："复生自意其新学之诗。吾谓复生三十以后之学固远胜于三十以前之学。其三十以后之诗未必能远胜三十以前之诗也。盖当时所谓新诗者，颇喜挦撦新名词以自表异。丙申丁酉间吾党数子皆好作此体，提倡之者为夏穗卿。复生亦綦嗜之。"（《饮冰室诗话》）

夏穗卿即夏曾佑，浙江杭州人。他在甲午以后，喜欢和谭嗣同、严复、梁启超一班人谈新学，谈周秦诸子学。他们都很受了他的思想上的影响。所以梁启超说："穗卿是晚清思想界革命的先驱者，穗卿是我少年做学问最有力的一位导师。"（《亡友夏穗卿先生》）不过他生性消极，不想热烘烘地走政治的路，也不肯冷清清地闭门著书，到了晚年，竟因贫病交迫，纵酒而死（？——九二四）。他的诗绝少流传。

## 别梁任公

　　壬辰在京师,广座见吾子。草草致一揖,仅足记姓氏。洎乎癸甲间,相居望衡宇。春骑醉莺花,秋灯狎图史。青霄与黄泉,上下穷其旨。冥冥兰陵门,万鬼头如蚁。修罗举只手,阳乌为之死。袒裼往暴之,一击类执豕。酒酣掷杯起,跌宕笑相视。颇谓天地间,差足快吾意。夕烽从东来,孤帆共南指。再别再相遭,便已十年矣。吾子尚青春,英声乃如此。嗟嗟吾党人,视子为泰否。

　　诗中所说"冥冥兰陵门,万鬼头如蚁。修罗举只手,阳乌为之死",据梁启超说:"兰陵指的是荀卿。修罗是佛典上魔鬼的译名,也即基督教经典里的撒但。阳乌即太阳,日中有乌,是相传的神话。清儒所做的汉学,自命为荀学。我们要把当时垄断学界的汉学打倒,便用擒贼擒王的手段去打他们的老祖宗——荀子。到底打倒没有呢?且不管。我们吵到没有得吵的时候,便算问题解决,我们主观上认为已经打倒了。"再看夏氏的几首绝句:

　　滔滔孟夏逝如斯,亹亹文王鉴在兹。帝杀黑龙才士隐,书飞赤鸟太平迟。
　　冰期世界太清凉,洪水茫茫下土方。巴别塔前分种教,人天从此感参商。
　　六龙冉冉帝之旁,三统芒芒轨正长。板板上天有元子,亭亭我主号文王。

　　这都是些不可解的怪话,也就是他们当时所讲的"新学",

只有他们自己才懂得。梁启超说:"我们当时认为中国自汉以后的学问全要不得的,外来的学问都是好的。既然汉以后要不得,所以专读各经的正文和周秦诸子。既然外国学问都好,却是不懂外国话,不能读外国书,只好拿几部教会的译书当宝贝。再加上些我们主观的理想——似宗教非宗教,似哲学非哲学,似科学非科学,似文学非文学的奇怪而幼稚的理想。我们所标榜的新学,就是这三种原素混合构成。"

他们的新学,是他们的新诗料。他们不徒想在政治上谋革新,还要闹着"诗界革命",怎能不叫当日那些守旧党嫉忌他们的野心,惊骇他们的大胆?他们这类新诗料,在旧派文人看来,自然既不如自然界风云月露的空灵,又不如《诗》《骚》《尔雅》里草木虫鱼的典雅,更不比社会间忠孝节义的有关名教。它的好处,就是新奇,不腐臭,不庸滥——本来他们这种运动,是对于腐臭庸滥的诗界而生的一种反动。只因这种诗不过填入几个生硬的新名词,略具一点幼稚的新理想,取材既然狭隘,人家又不容易懂得,他们的诗界革命运动自己停顿下来了。但是我们要了解他们是生在外来学术输入中国不过一点半滴的时候,尽其最善之力,只能做到如此。同时我们还得佩服他们革新的精神,向新诗大陆探险的精神!

最初的诗界革命,不过用新的外来的典故代替旧的固有的典故,好像徒以新军阀代替旧军阀的革命一样,自然不彻底,自然要失败。但是当时的诗界革命运动却已另寻一条出路。从事诗界革命的,却已另有其人。当时梁启超说:"过渡时代必有革命。然革命者当革其精神,非革其形式。吾党近好言诗界革命,虽然,若以堆积新名词为革命.是满洲政府变法维新之类也。能以旧风格含新意境,斯可以举革命之实矣。"又云:"近世诗人能熔铸新理想以入旧风格者,当推黄公度。"(《饮冰

室诗话》)

黄公度名遵宪,广东嘉应州(今改梅县)人(《近代诗钞》作南海人)。生于一八四八,死于一九○五。以拔贡生中式光绪二年顺天乡试举人。曾充驻日使馆参赞,新嘉坡、旧金山总领事等外交官。又曾任湖南按察使,参与戊戌湖南新政。著有《人境庐诗草》十一卷,《日本杂事诗》两卷,《日本国志》四十卷。他几乎以戊戌党人得祸。他的《己亥杂诗》八十九首是他放归以后所作。有许多首是很好的内生活的写照。有几首是关于戊戌政变自述的。

三诏严催倍道驰,霸朝一集感恩知。病中泣读维新诏,深恨锋车就召迟。

(自注:戊戌二月,上命枢臣进《日本国志》,继再索一部。奉使日本,由上特简,立诏敦促,有无论行抵何处,着张之洞、陈宝箴传令攒程迅速来京之谕。然余以久病,未能遽就道也。)

冷月严霜照一灯,柝铃风送响腾腾。案头英荡门前戟,岂有簠簋覆庚冰?

(自注:到沪,病益亟,乃乞归,已奉旨俞允。或奏称康、梁尚匿余处,盖因其藏日本使馆而误传也。有旨命两江总督查看。上海道蔡钧,张大其事,派兵围守。然余之所居,本上海道公所;且当时康已在香港矣。)

竟写梅边生祭祠,亦歌塞外送行诗。候人鹄立门如海,浪语风闻百不知。

(自注:围守之兵擎枪环立,如设重围,外人不知所犯何事,疑为大狱。险语惊人,遍海内外。知交探问,隔绝不通。然即问及,余亦不知也。八月廿六夜,乃得旨放归。)

怜君胆小累君惊，抄蔓何曾到友生？终识绝交非恶意，为曾代押党碑名。

（自注：八月廿五日得一纸曰：□与□绝交。然己未九月，余在上海，康有为往金陵，谒南皮制府，欲开强学会，□力为周旋。是时余未识康，会中十六人有余名，即□所代签也。又闻□与康至交，所赠诗有南阳卧龙之语。及康罪发，乃取文悌参劾之折汇刊布市，盖亦出于无奈也。堃按□或疑指梁鼎芬。）

腊余忽梦大同时，酒醒衾寒自叹衰。与我周旋最亲我，关门还读自家诗。

梦想大同，莫能实现，只有关门读自家的诗，我们可以想见这个诗人在政治上失望的悲哀！他的诗可分为两个时期。从初作诗起，中经甲午以至戊戌，是为第一期。这个时期的诗，大抵蹈厉风发，慨慷激越，是壮志热情的歌唱。所反映的生活，是少年读书学道，中年经历世事，讨论国闻，阅览国内外名山大川，及其风俗政治形势土物。从戊戌政变以后，中经庚子以至晚年，是为第二期。这个时期的诗，大抵忧时感事，悲愤抑郁，时时流露晚年生活的感伤情调。所反映的生活，是放废以后，绝望幽居，种菜读诗的生活。

我们要评述他的诗，最好先看他自己怎样的自述。他以为："诗之外有事，诗之中有人。今之世异于古，今之人亦何必与古人同？"所以他想弃去古人之糟粕，而不为古人所束缚。他的理想诗境，是——

一曰复古人比兴之体。
一曰以单行之神，运排偶之体。

一曰取《离骚》乐府之神理，而不袭其貌。
　　一曰用古文伸缩离合之法以入诗。

他的诗料，是——

　　其取材也，自群经三史逮于周秦诸子之书，许郑诸家之注。凡事名品名切于今者，皆采取而假借之。
　　其述事也，举今日之官书会典方言俗谚，以及古人未有之物，未辟之境，耳目所历，皆笔而书之。

他的诗格，是——

　　自曹、鲍、陶、谢、李、杜、韩、苏讫于小家，不名一格，不专一体，要不失乎为我之诗。

以上是他自述作诗的方法和旨趣。（据《人境庐诗草·自序》，未刊稿，曾载《学衡》。）我们不妨就拿这个作标准来看他的诗。第一，看他是否不避方言俗谚。

## 杂感（五首之一）

　　少小诵诗书，开卷动龃龉。古文与今言，旷若设疆围。竟如置重译，象胥通蛮语。父师递流传，惯习忘其故。我生千载后，语言杂伧楚。今日六经在，笔削出邹鲁。欲读古人书，须识古语古。唐宋诸大儒，纷纷作笺注。每将后人心，探索到三五。性天古所无，器物目未睹。妄言足欺人，数典既忘祖。燕相说郢书，越人戴章甫。多歧道益亡，举烛乃笔误。

他说古今言文隔绝的弊病如此。这还是从读书方面着想。所以他在另一首便从文学方面着想，提出不避流俗语的主张，便说："我手写我口，古岂能拘牵。即今流俗语，我若登简编。五千年后人，惊为古斓斑。"他的诗确有许多真是明白如话，有时还几乎全采俗歌。

### 山歌九首

土俗好为歌，男女赠答，颇有《子夜》《读曲》遗意。采其能笔于书者得数首。

自煮莲羹切藕丝，待郎归来慰郎饥。为贪别处双双箸，只怕心中忘却匙。

人人要结后生缘，侬只今生结目前。一十二时不离别，郎行郎坐总随肩。

买梨莫买蜂咬梨，心中有病没人知。因为分梨更亲切，谁知亲切转伤离。

催人出门鸡乱啼，送人离别水东西。挽水东流想无法，从今不养五更鸡。

邻家带得书信归，书中何字侬不知。等侬亲口问渠去，问他比侬谁瘦肥。

一家女儿做新娘，十家女儿看镜光。街头铜鼓声声打，打着心中只说郎。

嫁郎已嫁十三年，今日梳头侬自怜。记得初来同食乳，同在阿婆怀里眠。

自剪青丝打作条，亲手送郎将纸包。如果郎心止不住，看侬结发不开交。

第一香橼第二莲，第三槟榔个个圆，第四夫容五枣子，送郎都要得郎怜。

这是他不避方言俗谚的好例。可惜他不能完全贯彻这种主张。

第二，看他用的诗料是否新诗料——古人未有之物，未辟之境。今举他一首古题新意的诗为例。

### 今别离

别肠转如轮，一刻既万周。眼见双轮驰，益增心中忧。古亦有山川，古亦有车舟。车舟载离别，行止犹自由。今日舟与车，并力生离愁。明知须臾景，不许稍绸缪，钟声一及时，顷刻不少留。虽有万钧柁，动如绕指柔。岂无打头风，亦不畏石尤。送者未及返，君在天尽头。望影倏不见，烟波杳悠悠。去矣一何速！归定留滞否？所愿君归时，快乘轻气球。

朝寄平安语，暮寄相思字。驰书迅已极，云是君所寄。既非君手书，又无君默记。虽署花字名，知谁箝缄尾？寻常并坐语，未遽悉心事。况经三四译，岂能达人意？只有斑斑墨，颇似临行泪。门前两行树，离离到天际。中央亦有丝，有丝两头系。如何君寄书，断续不时至！每日百须臾，书到时有几？一息不相闻，使我容颜悴。安得如电光，一闪至君旁！

开函喜动色，分明是君容。自君镜奁来，入妾怀袖中。临行剪中衣，是妾亲手缝。肥瘦妾自思，今昔将毋同？自别思见君，情如春酒浓。今日见君面，仍觉心忡忡。揽镜妾自照，颜色桃花红。开箧持赠君，如与君相逢。妾有钗插鬓，君有襟当胸。双悬可怜影，汝我长相从。虽则长相从，别恨终无穷。对面不解语，若隔山万重。自非梦来往，密意何由通？

汝魂将何之？欲与君追随。飘然渡沧海，不畏风波危。昨夕入君室，举手搴君帷。披帷不见人，想君就枕迟。君魂倘寻我，会面亦难期。恐君魂来日，是妾不寐时。妾睡君或醒，君睡妾岂知？彼此不相闻，安怪常参差。举头见明月，明月方入扉。此时想君身，侵晓刚披衣。君在海之角，妾在天之涯。相去三万里，昼夜相背驰。眠起不同时，魂梦难相依。地长不能缩，翼短不能飞。只有恋君心，海枯终不移。海水深复深，难以量相思。

当时陈三立读了这篇诗，推为千年绝作；梁启超传布了这篇诗，便说："吾以是因缘，以是功德，冀生诗界天国。"这当然太恭维他了。现在胡适却说这首诗实在平常的很，浅薄的很，似乎又太刻了。我以为这种古题新意的诗，好像旧坛装新酒，倘能保存新味，还不失为佳品。其他如《海行杂感》《以莲菊桃杂供一瓶作歌》《锡兰岛卧佛》之类，都有一点新意思。固然这种新意思在现在看来，实在平常，浅薄，但是我们也该知道那时国内的思想界，所有的新思想也实在幼稚浅薄得很呀。

第三，看他是否用古文伸缩离合之法作诗。他的《番客篇》《罢美国留学生感赋》一类的长篇叙事诗，都是用这种方法的成功作品。可惜太长了，不好作例。其他许多纪述时事的诗都属此种，不胜枚举。

第四，看他是否用旧格律而不为旧格律所束缚。

### 酬曾重伯编修

废君一月官书力，读我连篇新派诗。风雅不亡由善作，光丰之后益矜奇。文章巨蟹横行日，世界群龙见首时。手撷芙蓉策虬骊,出门惘惘更寻谁?

这勉强可以说是合于他自己说的"以单行之神运排偶之体"。其他如《都踊歌》《拜曾祖母李太夫人墓》《送女弟》,连上面作例的《今别离》。这一类的诗,也很可以说是合于他自己说的"取离骚乐府之神而不袭其貌"。《拜曾祖母李太夫人墓》和《都踊歌》都是他的集子里最好的诗,一则太长了不好作例;一则是人家都引用的例,故不抄。他的诗虽是驰骋于旧格律之中而不失其为我之诗,可惜仍未能跳去旧格律之外另成新格。

第五,看他是否复古人比兴之体。如果我们要拿赋比兴三个原则来论他的诗,你总会觉得他的赋体为多,很少比兴之作。这是自然的,他遭遇国家多难的时候,伤时感事之作要多,好像杜叟的沈吟天宝,陆九的发愤兴元一样。从前有人说杜诗是诗史,实在我们也可以如此说黄遵宪的诗。陈衍尝以为他的诗多纪时事,惜其自注不详,阅者未能尽悉,替他作过两千多字的诗注载入诗话,其实他的诗须注释当日时事的还很多。本来晚清时代,如甲午戊戌庚子诸役,以及其同内政外交民生国计,都是无数悲哀的慷慨的好诗料。《人境庐诗草》许多是掇拾这种诗料最重要的部分,注入自己的思想情感的坩埚而成。可以说《人境庐诗草》是那个惨痛时代政治社会的反映,也就可以说它足以代表那个时代的诗人最丰富最伟大的收获。《人境庐诗草》的真价值在此,何必他求?

与黄遵宪诗名略相当的,有康有为。陈衍说:"自古诗人足迹所至,往往穷荒绝域,山川因而生色。更千百年成为胜迹,表著不衰。嘉州以岑,秦、陇以杜,夜郎以李以王(昌龄),柳永以柳，琼、儋以苏，然皆未至稗海瀛海而遥也。中国与欧美诸洲交通以来，持英筴与敦槃者不绝于道。而能以诗名者，惟黄公度。其关于外邦名迹之作，颇为夥颐。而南海康长素先生以逋臣流寓海外十余年．更多可传之作．"康有为原名祖诒，字长素（或说，彼蓄长髯，自号长素，即比素王为长，取贤于孔丘之义），号更生。广东南海人。光绪乙未进士。他生在孙文前，死在其后（一九二七）。他在近三十年中国的重要，固然在他的政治运动，但论他的文学，也有不可磨灭的价值。现在且论他的诗。他著有《南海先生诗集》十五卷。前四卷由其门人梁启超手写影印。梁启超曾论他的诗："先生最嗜杜诗，能诵全杜集一字不遗。故其诗虽非刻意有所学，然一见殆与杜集乱楮叶。"《光宣诗坛点将录》邴庐论他的诗："今诗人尚意境者宗黄、陈，主神韵者师大历；锤幽凿险，则韩、孟启其宗风；范水模山，则谢、柳标其高格。其纯脱然入乎古人出乎古人者，则南海康有为也。南海平生学术，不以诗鸣，徒以境遇之艰屯，足迹之广历，偶事歌咏，直有抉天心探地肺之奇，不仅巨刃摩天已也。返虚入浑，积健为雄，惟南海足以当之矣。"钱萼孙则云："康更生如黄河赴海，泥沙俱下。"我则以为他的诗可分为两个时期。他早岁五游京邑，七次上书，这个时期的诗颇觉豪健，是所谓爱国志士的诗。

## 爱国短歌行

神州万里风泱泱，昆仑东南海为疆。岳岭回环江河长，中开天府万宝藏。地兼三带寒暑藏，以花为国丝为裳。百品杂陈饮馔良，地大物博冠万方。

我祖黄帝传百世，一姓四五垓兄弟。族谱历史五千载，大地文明无我逮。全国语文同一致，武功一统垂文治。四裔入贡怀威惠，用我文化服我制，亚洲独尊主人位。

今为万国竞争时，惟我广土众民霸国资。遍鉴万国无似之，人齐心发愤可突飞。速成学艺与汽机，民兵千万选健儿，大造铁舰游天池，舞破大地黄龙旗。

还有一篇很长的《爱国歌》。这虽算不得什么好诗，但很可以代表当时一种崭新的向上的士气。同时也可以看出当时文学界的一点活气。总之：他的《延香老屋诗集》卷一，《汗漫舫诗集》卷二，《万木草堂诗集》卷三，大都是这种新嫩的慷慨爱国之作。我们可以在这里窥见他那种志士的狂热，读书人的高调，政治家的野心。《明夷阁诗集》以下，是他避祸忧愤之作。他出国以后真如孔圣人一般，"丘也东西南北人"，"至于是邦，必闻其政"。这个时期的诗，大都是纪游写忧，夹述一点他所知道的列邦政教风俗。他的《南海先生诗集·自序》说：

吾童好讽诗，而学在撑理。既不离人性，又好事，不能雕肝呕肺，以为诗人。然性好游，嗜山水，爱风竹，船唇马背野店驿亭不暇为学，则余事为诗。天人之感多矣！及戊戌遭祸，遁迹海外，五洲万国，靡所不到。风俗名胜，托为咏歌。莫拔抑塞磊落之怀，日行连犿奇伟之境。临睨旧乡，邅回故国。阅劫已夥，世变日非。灵均之行吟泽畔，骚些多哀；子卿之啮雪海上，平生已矣。河梁陇首，游子何之？落月屋梁，水波深阔。嗟我行迈，皆寓于诗。情在于斯，噫气难已。奔亡无定，散失弥多。门人梁启超请收拾丛残，发愿手写。搜箧与之，尚存千余篇。亡人何求？又非有千秋之名心也。抑以写身世，发幽怀，哀乐无端，咏叹淫佚，穷者达情，劳者歌事，《小雅》《国风》之所不废也。后之诵其诗，论其事者，其亦无罪耶？

这是他自述作诗的生话。再看他怎样的论诗：

### 与菽园论诗兼寄任公孺博曼宣

一代才人孰绣丝？万千作者亿千诗。吟风弄月各自得，覆酱烧薪空尔悲。正始如闻本风雅，丽葩无奈祖骚词，汉唐格律周人意，悱恻雄奇亦可思。

新世瑰奇异境生，更搜欧亚造新声。深山大泽龙蛇起，瀛海九州云物惊。四圣崆峒迷大道，万灵风雨集明廷。华严帝网重重现，广乐钧天窈窈听。

意境几于无李杜，目中何处著元明。飞腾势作风云起，奇变见犹神鬼惊。扫除近代新诗话，惝恍诸天闻乐声。兹事混茫与微妙，感人千载妙音生。

这是他对于诗的见解。我以为他的诗尚未能脱去旧诗的矩矱，另制他的所谓"新声"。但他毕竟是环游过世界的人，他的见闻广而情志阔，故造诣较同时一班旧派的诗要高。

梁启超文名满天下，却不曾以诗鸣于时。可是他很好谈诗，也很有些新见解。著有《饮冰室诗话》，及所作诗词，编入《饮冰室全集》（乙丑重编本）。他说："余向不能为诗。自戊戌东徂以来，始强学耳。然作之甚艰辛，往往为近体律绝一二章，所费时日与撰《新民丛报》数千言论说相等。故间有得一二句颇自意而不能终篇者，非志行薄弱，不能贯彻初终也。以为吾之为此，本为陶写吾心，若强而苦之，则又何取？故不为也。"（《饮冰室诗话》）他于古诗人中最佩服陆游。

### 读陆放翁集

诗界千年靡靡风,兵魂销尽国魂空。集中什九从军乐,亘古男儿一放翁。

辜负胸中十万兵,百无聊赖以诗鸣。谁怜爱国千行泪,说到胡尘意不平。

"叹老嗟卑却未曾",转因贫病气峻增。英雄学道当如此,笑尔儒冠怨杜陵。(自注:首句用放翁句。)

朝朝起作桐江钓,昔昔梦随辽海尘。恨煞南朝道学盛,缚将奇士作诗人。

"爱国尚武",这是当时的一种思潮。——其实梁启超他自己也未尝不想做一个爱国诗人。

### 自厉二首

平生最恶牢骚语,作态呻吟苦恨谁。万事祸为福所倚,百年力与命相持。立身岂恨无余地,报国惟忧或后时。未学英雄先学道,肯将荣瘁校群儿?

献身甘作万矢的,著论求为百世师。誓起民权移旧俗,更研哲理牖新知。十年以后当思我,举国犹狂欲语谁。世界无穷愿无尽,海天寥廓立多时。

还有比这两首更好的诗。

### 举国皆吾敌

举国皆吾敌,吾能勿悲?吾虽悲而不改吾度兮,吾有所自信而不辞。

世非混浊兮不必改革,众安混浊而我独否兮,是我先与众敌。阐哲理指为非圣道兮,倡民权曰畔道;积千年旧脑之习惯兮,岂旦暮而可易?先知有责,觉后是任。后者终必觉,但其觉匪今。十年以前之大敌,十年以后皆知音。

君不见苏革拉底瘐死兮基督钉架,牺牲一生觉天下?以此发心度众生,得大无畏兮自在游行。渺躯独立世界上,挑战四万万群盲。一役战罢复他役,文明无尽兮,竞争无时停,百年四面楚歌里,寸心炯炯何所撄!

**志未酬**

志未酬!志未酬!问君之志几时酬?志亦无尽量,酬亦无尽时。世界进步靡有止期,吾之希望亦靡有止期。众生苦恼不断如乱丝,吾之悲悯亦不断如乱丝。

登高山复有高山,出瀛海复有瀛海。任龙腾虎跃,以度此百年兮,所成就其能几许!

虽成少许,不敢自轻;不有少许兮,多许奚自生?但望前途之宏廓而寥远兮,其孰能无感于余情!

吁嗟乎!男儿志兮天下事,但有进兮不有止,言志已酬便无志!

他这种诗,用骚赋乐府格调,而能伸缩自由。是热肠孤愤人语,可说慷慨豪壮。陈衍、汪国垣都称他的游台之作,我也最爱他的《台湾竹枝词》。他在新派诗人中颇有别创新体的倾向。只因他不肯向这方面努力,所以他的成就止此。不过他已经算是这个时期最能用诗"陶写吾心"的了。

还有严复和梁启超一样地不以诗名,可是他那薄薄的一部《瘉壄堂诗集》里面,也很有些好诗。如《哭林晚翠》《赠熊季廉》《侯生行》《畴人》《三月三日游万生园》《书示子璿四十韵》诸作，都很有些新意思，非他莫能办此。这些诗太长了，不好作例，只好引几首短诗。

### 人　才

人才鹦鹉能言日，世事蜩蛣脱壳时。如此风潮行未得，老夫掩泪看残棋。

### 欧战感赋

三年西宇战天骄，海上金银气尽销。（自注：只以英计，每□费金钱殆五百万镑，今则六七百万镑矣。）入水狙攻号潜艇，陵云作斗有飞轺。壕长地脉应伤断，炮震山根合动摇，见说殇亡过十万，不堪人种日萧条！

他还有《何嗣五赴欧观战归出其纪念册子索题为口号五绝句》，也是评欧战的，很有些见解，因为他自己注释的太长，无注又看不十分懂，所以只好不引了。再引一首七律于此。

### 日来意兴都尽今日涉想所至率然书之（三首录一）

镇日闹行镇日思，吾生谁遣著斯时？千般作想古皆有，一味逃名我自痴。世界总归强食弱，群生无奈渴兼饥！茫然欲挽羲和问，旋转何年是了期？

他原来是上过万言书的，何尝不想积极用世？可是他后来的诗总常常流露他的厌世思想。他是有意无意地在唱他自己的挽歌的，"君子作歌，维以告哀"，他在新派诗人中，算是最悲观的，最颓废的了。

以下就要说到翻译西洋诗的几个人。

先说马君武。他著有《马君武诗稿》，共有诗一百三十一首，译诗占三十八首。自序云："此寥寥短篇断无文学界存在之价值。惟十年以前，君武于鼓吹新学思潮，标榜爱国主义，固有微力焉，以作个人之纪念而已。"他所鼓吹，所标榜的，这是他作诗的宗旨。倘然他肯以其雄豪深挚之笔，表现他这种主张，未尝不可以自开一派。但他终不肯以诗人自居，故所成就的如此微末。严复好以天演学说人文，他就好以天演学说人诗；严复翻译西洋哲学，他就翻译一点西洋诗。他译有拜轮（Lord Byron）《哀希腊歌》十六首，贵推（Goethe）《阿明临海岸哭女诗》八首、《米丽客》三首，虎特（Thomas Hood）《缝衣歌》十一首。除《缝衣歌》用五言古风体外，余皆用七言歌行体。《缝衣歌》后有刘复、傅东华译。《哀希腊》有苏曼殊译，用五言古风体。又有胡适译，用《离骚》体。胡氏说："……颇嫌君武失之讹，而曼殊失之晦。讹则失真，晦则不达，均非善译者也。……"所以他把这首诗重译了。

次说苏曼殊，曼殊俗名玄瑛，字子谷，小字三郎。始名宗之助。先世为日本人。祖父忠郎，父宗郎，不知其姓。母河合氏，生玄瑛于江户。玄瑛生数月而父殁，母子无靠，有广东人香山苏某经商日本，因往相依。年十一，假父苏某卒。年十二，入广州长寿寺为僧，法名博经，号曼殊，生于一八八四，死于一九一八。柳亚子为编《曼殊全集》印行。

我常以为近代有两个诗僧，都是天分绝高，不甚读书，却会做诗的。其一为敬安上人，字寄禅，即世所称八指头陀，俗姓黄，湖南湘潭人。其一即曼殊上人。寄禅很见重于王闿运、郑孝胥一班人，曼殊就很见称道于现今文学界。

曼殊所译诗，有拜轮（Lord Byron）的《赞大海》（The Ocean），《去国行》（My Native Land—Good Night!），《哀希腊》（The Lsies of Greece），《答美人赠束发毡带诗》（To a Lady），《星耶峰耶俱无生》（Live not the Stars and Montains?）。彭斯（Robert Burns）的《颎颎赤墙靡》（A Red Red Rose）。豪易特（William Howitt）的《去燕》（Departue of the Swallow）。师梨（P.B.Shelley）的《冬日》（A Song）。瞿德（J.W.Von Goethe）的《题沙恭达罗》（Sakontala）。陀露哆（Tora Duit）的《乐苑》（Aprimeval Fden）。

曼殊译拜轮诗，自许："按文切理，语无增饰。陈义悱恻，事辞相称。"又他的《与高天梅书》云："……衲尝谓拜轮足以贯灵均、太白；师梨足合义山、长吉；而莎士比、弥尔敦、田尼孙，以及美之郎弗劳诸子只可与杜争高下，此其所以为国家诗人，非所语于灵界诗翁也。近世学人均以为泰西文学精华尽集林、严二氏故纸堆中。嗟夫！何吾国文风不竞之甚也！严氏诸译，衲均未经目，林氏说部，衲亦无暇观之。惟《金塔剖尸记》《鲁滨孙飘流记》二书，以少时曾读其厚文，故售诵之，甚为佩伏。余如《吟边燕语》《不如归》，均译自第二人之手，不谙英文，可谓译自第三人之手，所以不及万一。甚矣译事之难也！前见辜氏（按指辜鸿铭）《痴汉骑马歌》，可谓辞气相副。顾厚作所以知名者，盖以其为一夜脱稿，且颂其君；锦上添花，岂不人悦？奈非如罗拔氏专为苍生者何！此视吾国七步之才，至性之作，相去远矣！惜夫辜氏志不在文学，而为宗室诗匠牢其根性也。衲谓凡治文学，须精通其文字。昔瞿德逢人，必劝之治英文，此语专为拜轮之诗而发。夫以瞿德之才，岂未能译拜轮之诗，以非其本真耳。太白复生，不易吾言。……"在这里我们可以略略知道他欣赏西洋诗歌的兴趣，和他对于翻译西洋文学的见解。

曼殊自言"思维身世,有难言之恫"。他把这种悲苦发之于浪漫生活,发之于小说,也发之于诗。

**题拜轮集**

秋风海上已黄昏,独向遗编吊拜轮。词客飘蓬君与我,可能异域为招魂?

他的《拜轮诗选自序》云:"善哉拜轮!以诗人去国之忧,寄之吟咏;谋人家国,功成不居;虽与日月争光可也。"他与拜轮虽说异地异时,而其心情上容有共鸣之处。拜轮有去国之忧,他又何尝没有去国之忧。但他毕竟爱中国,他曾作《鸣呼广东人》一文,痛骂广东人中的洋奴;他真不愧做一个爱中国的中国人呀!

再次,就要说到最近李思纯的法兰西诗选译——《仙河集》(一九二五,附印于《学衡》四十七期)。这个小小的集子里共译诗六十九首,代表法国自中古时代以及现存的诗人二十四人。每一诗人都由译者略述其人格作风及生卒年月。又于每首之前,仿《诗经·小序》体作一短句说明诗意。他有一篇自序,说明他选译的动机,译名的由来,译诗的方式,外附例言十一则,都很重要。他说:"近人译诗有三式。一曰马君武式。以格律谨严之近体译之。如马氏译嚣俄诗曰'此是青年红叶书,而今重展泪盈裾'是也。二曰苏玄瑛式。以格律较疏之古体译之。如苏氏所为《文学因缘》《汉英三昧集》是也。三曰胡适式。则以白话直译,尽弛格律是也。余于三式皆无成见争辩是非。特斯集所译悉遵苏玄瑛式者:盖以马式过重汉文格律,而轻视欧文辞义；胡式过重欧文辞义，而轻视汉文格律；惟苏式译诗，格律较疏，则原作之辞义皆达，五七成体，则汉诗之形貌不失，然斯固偏见所及，未敢云当。"又说："抑译者尤有深意。则思藉此编以示译诗之范则。凡欧诗之不能翻译，与勉强翻译之必无结果，其理甚明了，特吾辈不能因此遂弃掷之。盖吾辈虽不能得最良之方法译之，而可以较良之方法译之。所谓较良之方法者，即译者须求所以两全兼顾。一方面不能抛弃原义，而纵笔自作汉诗；一方面复不能拘牵墨守，以拙劣之方法行之，如法语所谓之逐字译（Mot à Mot），使译文割裂，不成句读。故矫此两失，实为译诗者之应有责任。斯集所译之形式，即译者对于今日翻译欧诗一事，心目中认为较合于理之形式。……"这是他自述译诗所用的方法。现在看他译的诗。

### 拉芳丹

拉芳丹（Jean de La Fontaine, 1621—1695）以寓言诗卓立千古。其诗以琐琐之事物，寓人生深微之至理，言简而意永。于法国古诗中别开生面。……

### 老狮（*Le Lion deuenu Vieux*）

哀垂暮之英雄也。

狮子山林之雄，年老而失其威。回思旧日伟烈，掩泪不胜凄悲。苦见凌于臣仆，彼弱而众乃强。既为马所蹄蹴，复为狼所齿伤。牛亦以角触之，群相凌践而骄。此狮瘦弱疲苦，但能大声怒号。无奈委身任运，不敢更有怨辞。坐视蹇拙之驴，自其洞口奔驰。狮子失声长叹。"呜呼此景谁堪！吾意得死为乐，此景较死尤难。"

### 狐狸与雕像（Le Renard et le Buste）

讥世之所谓伟人也。

世间多数伟人，实如假面登场。其貌固亦岸然，仅供流俗称扬。疲驴不善判别，妖狐则洞烛之。视彼魁硕之态，不过矫饰所为。适有伟人造像，半身雕镂甚精。头颅中空外伟，其大倍于常人。妖狐详细谛视，不觉太息而言："此头之状至美，惜无脑髓存焉。"

呜呼论及此点，世之伟人皆然。

### 波德莱尔

波德莱尔（Charles Baudelire, 1821—1867），为哥体野之弟子，十九世纪法兰西诗界之一异军，所谓颓废派（Décadence）、象征派（Symbolism）之中坚也。生平感受其师哥体野氏之艺术思想，又能深刻观察欧洲近代物质繁富罪恶充盈之大城生活，遂成《恶之花》诗集。崇拜丑厉，歌颂罪恶，描写兽性，刻画污秽。使人读之，若感麻醉，若中狂疾。盖纯为近代巴黎生活之写真。故凡莱恩氏评之曰。"脑为烟毒所熏，血为酒精所沸。"足为《恶之花》一集之确切评语。

### 凶犯之酒（Le Vin Lasassin）

凶人心理之解剖也。

妻死吾自由，尽量饮不恤。当吾醉归无一钱，彼呼使我脑髓裂。

吾今荣贵为国王，空气清冽天色美。当吾婚恋时，其景亦如此。

严渴裂吾喉，急需饮为先。墓中不识能饮否，此则不敢为预言。

吾将掷彼于井中，尽推井栏石压之。吾能为此否，吾忘不自知。

温柔发铭誓，安能解此危。吾侪安能复和好，俨如酩酊欢乐时。

吾恳彼赴约，黑夜大道旁。可怜此豸竟如约，吾侪二人皆愚狂。

彼虽劳且疲，其貌尚娇美。吾狂爱恋不能堪，故吾告曰"汝当死"。

醉人之群中，谁识吾所为。彼岂知吾黑夜时，曾杀一人而殓之。

彼诚恶妇难戕生，其身坚似铁铸成。无冬复无夏，彼安知爱情。

黑色媚术求生悲，大声喊救何为哉。毒瓶与眼泪，白骨之鸣哀。

今夕自由而寂静，吾拼醉死断余气。无悔亦无惧，安然睡于地。

吾睡如卧犬，车轮重千斤。满载瓦石及泥土，其力尽足了吾生。

碾碎吾之头，吾身两半截。上帝魔鬼及耶稣，吾终轻视骂不声。

## 都 德

都德（Alphonse Dandet，1840—1897）以小说名于十九世纪，诗亦美丽清澈。虽十九世纪中自然主义盛行，刻画残酷，而都德之诗与小说独多描写天真柔美之事。其纯美之态，清柔之音，短简之体格，使人读之心醉。

### 乳婴 (Aux Petits enfants)

写柔美之挚爱也。

初生之婴孩。小鼻小口腮。小唇半闭中。人皆颤栗。何柔何白。何娇红。

初生之婴孩。锡汝福命佳。绣褓汝卧时。小巢雏鸟。上帝福保。安琪儿。

汝巨目澄鲜。匿彼素帛间。有笑亦有啼。汝之一切。无不美悦。爱之。

汝当娇鸣时。轻吻抚惜之。秀白小莺儿。汝何恩命。亦何幸运。能如斯。

暖枕汝睡酣。梦中微笑间。有人傍汝言,低声抚慰。"娇雏安睡。余未眠。"

此乃仙使声,睡睡汝勿惊。雪翅覆汝眠。仙使之翼。抚慰不息。护守严。

初生之婴孩。汝自天国来。弱线缠汝躯。此线金色。系汝魂魄。无垢污。

汝在人家中。如花园圃红。如星明碧空。如彼雨露。点滴斜注。芦苇丛。

汝福尚有余。银星逊汝妍。娇花逊汝鲜。吾侪吁慨。汝皆具备。雪翅间。

我不懂法文,不能检视原作。但看这种译诗虽用文言,却已另成一种体格;杂在中国人诗里,总会令人觉得生疏;不像马君武、苏曼殊所译,总觉得太像中国诗,似乎这是他译诗的一种创格。(但从另一方面说,译文还是蹇涩无味。)究竟这种译法是否如他自己所说的较良之方法,可以做译诗之范则?究竟他译的诗是否做到曾朴所说译诗的五个任务? (一、理解要确；二、音节要合；三、神韵要得；四、体裁要称；五、字眼要切。）倒是一个值得翻译界大家讨论的问题。

以上略述新派诗已毕。

现在我想凭着个人鸟瞰这个时期诗界的所得，指出他们一种共同的倾向。每个人的诗，都自有其特点，就是各有个性一语可以为粗略的说明。不过同是生活在一个时代的空气里，当然有共呼吸共痛痒的地方。由这种共同的地方出发而产生的文学，产生的诗，找出其间共同的精神，共同的倾向，自是可能的事。

中国最近三十年——自甲午以来，国民的生活上，真是起了一种亘古未有的激变，破坏了几千年来固有的生活之秩序。这个可以从三方面观察：第一，社会的方面，就是政治上的变化。自经甲午一战，知道徒然有兵器兵船兵操的改变，不改变政治法律的组织，中国是不能自存的。于是而有戊戌维新运动，而有要求立宪运动，而有辛亥革命的爆发，酿成今日社会上全盘混乱不安的局面，为历史上所未有。第二，物质的方面。就是直接关于我们的日常生活，衣食住的生活状态。这个时期中国的农业经济受了西洋工业经济侵略的压迫而生动摇了。向来的手工业家庭工业因受西洋机器工业工厂工业的压迫而要破产了。帝国主义列强同时对中国加紧的压榨，中国便变成了他们的次殖民地。民间日常生活的所需，小至一针一线，一根火柴，都是洋货。眼中所见的铁道轮船电线飞机，那一样不是外来的新奇的事物？第三，精神的方面，就是宗教道德科学文艺种种。自从西洋的学术思想随着他们的物质文明之后来到中国，中国的旧思想，旧信仰，渐渐都生动摇了。最初王闿运、叶德辉之流都以为"西人工商而已，无所谓学"。后来渐渐承认西人也有所谓学了，不过叫它做"西学"，以别于"中学"。什么上帝耶稣的宗教,什么声光化电的科学,什么民权自由的学说,什么物竞天择的学说,什么歌德、嚣俄、小仲马、迭更司的文学,总之种种西学,使中国固有的思想信仰于相形之下而生动摇了。第一第二两方面属于外部生活,第三方面属于内部生活——精神生活。这个时期旧的生活之全部,已经十分显现动摇,人人对于旧生活感觉一种朦胧的不安,感觉疲顿,感觉厌倦,于是生活上乃有新的要求。外部生活的种种物事,都是日趋新奇的了;同时关于内部生活的思想文学,也有求新的倾向。我所要说的这个时期诗界的共同倾向,正是这种求新的倾向。不过这种倾向只是时代氛围气上的表示,并不曾确立了一种时代的目标。

　　再就诗的本身的历史上观察:旧体诗似乎已经发展到了一定的限度,不能再一直向前的发展了,须得另求新的发展。因为自元、明以来,未尝没有几个富有天才的诗人,但他们的诗,所具的形式和音节,总逃不出汉、魏、六朝和唐、宋人的范围,尽管逃来逃去,还只在这个范围内兜圈子。本来中国的诗,自三百篇、汉、魏、六朝以至唐人,各种形式很完备了。这种形式未尝不好,但用得太久太熟了,规律也就愈密愈严;一面因其久与熟的缘故,就变成滥调,渐失其感人的力量;一面因其愈密愈严的关系,不能任意驰骋,为天才的作家所厌倦。而且老用这种形式来表现,则所可借此以表现的情感,似乎都为前人表现尽了,不能有新的表现,也不足以动人。于是旁逸斜出的天才,不甘为这种形式所束缚,只好避开这种韵文的形式,率性旁逸斜出地别为词曲,两宋、元、明的诗余、杂剧、传奇的发达由此。但是做诗的仍要做诗,诗的形式只好仍用传统的形式。这是几百年来诗人无可如何之事!所以到了晚清时候,略与欧、美、日本文学接触,诗人得了一点新的刺激,就有新的要求了。诗界革命运动正是应这个要求而发生的。梁启超说："余虽不能诗，然尝好论诗，以为诗之境界被千余年来'鹦鹉名士'（余尝戏名词章家为'鹦鹉名士'，自觉过于尖刻。）占尽矣。虽有佳意佳句，一读之似在某集中曾相见者，是最可恨也。故今日不作诗则已，若作诗，必为诗界之哥仑布、玛赛郎然后可。犹欧洲之地力已尽，生产过度，不能不求新地于阿米利加及太平洋沿岸也。欲为诗界之哥仑布、玛赛郎，不可不备三长。第一，要新意境。第二，要新语句，而又须以古人之风格入之，然后成其为诗。……宋、明人善以印度之意境语句入诗。……然此境至今日，又已成旧世界。今欲易之，不可不求之于欧洲。欧洲之意境语句甚繁富而玮异，得之可以陵轹千古，涵盖一切。……且其所谓欧洲意境语句，多物质上琐碎粗疏者，于精神思想上未之有也。……欧洲之真精神，真思想，尚且未输入中国，况于诗界乎？此固不足怪也。吾虽不能诗，惟将竭力输入欧洲之精神思想，以供来者之诗料可乎？要之：支那非有'诗界革命'，则诗运殆将绝。虽然，诗运无绝之时也。今日者革命之机渐熟，而哥仑布、玛赛郎之出世，必不远矣。"（《夏威夷游记》）这是他在一八九九年作的文章，已经是三十年了。在目前看来，或觉平常浅薄得很，但在当时，我们就不能不佩服他的远见。而且在他这一段话，已经揭出三十年来所谓新派诗人求新的一种倾向了。

王闿运的《忆昔行，与胡吉士论诗，因及翰林文学》说："五十年来事事新，吟成诗句定惊人。"这话何尝不是？可惜他自己的诗句惊人之处，不在事事新，而在字字古！不过他也道破了这个时期诗界求新的倾向。樊增祥论诗说："今当万事求新日，故纸陈言要扫空。"可惜他的求新，他的扫除故纸陈言，不过换了几个生僻的典故！黄遵宪给曾广钧的诗说："废君一月官书力，读我连篇新派诗。风雅不亡由善作，光丰之后益矜奇。"他的新派诗也在矜其新奇。康有为论诗说："新世瑰奇异境生，更搜欧亚造新声。"又说："意境几于无李杜，目中何处著元明。飞腾势作风起云，奇变见犹神鬼惊。"他颇有跳出旧诗范围，另造"新声"的宏愿。总之：这个时期的诗界，无论新派旧派，都有求新的倾向，求新是他们一种共同的倾向。似乎他们都以为"不新和不好，是同样的意思"。

不过旧派所求的新，或如王闿运、章炳麟的字字古雅；或如陈三立的恶俗恶熟，不肯作一习见语——江西诗派的"古体多诘诎不可诵，近体乃与杯珓谶辞相等"（章炳麟《国故论衡·辨诗》）；或如樊增祥的不肯用眼前习用的故实，在典故上求清新，这都是闹的"字面问题"，岔到歧路上去了！最初新派如谭嗣同、夏曾佑诸人的新学诗。好用《新约》《旧约》上的典故，填砌新名词，也只是注重"字面"，并不能别开生面，所以他们的诗界革命失败了。到了黄遵宪，他标举的理想的诗境、诗料、诗格，似已感觉诗的外形内容都有须得革新之处，于是乃有他和康有为、梁启超诸人以新事物新意境为内容的新派诗。他如马君武、苏曼殊诸人之译西洋诗，何尝不是一种好新好奇的表现？至于马君武所说的"鼓吹新学思潮，标榜爱国主义"，这似乎可以说是当时新派诗人共同的一种心声，也就可以说是他们代表着被压迫的中国民族不甘屈服的一种喊叫，如果我们读过了黄遵宪、康有为、梁启超、苏曼殊诸人的诗，总会感觉得到的。这是新派所以异于旧派的一种地方。求新的倾向是共同的，一派走向歧路，结果要走到绝路；一派似乎有可以走上大路的趋势。但这条路究竟是不是将来学诗的人人必由的大路？这条大路的前途究竟是不是光明坦荡？还有待于继续走这条路线的人作出证明。不过我们有必须知道的便是：这一诗派的发生是随着"立宪运动"而起的一种运动。现在的社会背景已和从前两样了,白话诗运动已经代替所谓新派诗运动而兴。左翼诗坛的建立,亦已奠基于十年以来的白话诗运动之上。我想拿这个消息奉告给刘大白(他虽然十分坚决地反对鬼话文,但在一九二九年的《当代诗文》创刊号上,仍载有他的鬼话诗。)、李思纯、二胡(胡先骕,胡怀琛)、二吴(吴宓、吴芳吉)一流诗人的,该不至有败诸位的雅兴罢。

# 四　古文的演变与新文体的发生（上）

三十年来的诗界，虽然很受着姚鼐、曾国藩提倡宋诗的影响，但总不如同时期的古文界受著他们的影响更大更深。尽管你说这三四十年是古文的演变最快最大的一个时期，但在这种演变之中，愈可以看出他们的影响之大。因此我们不能不略略从他们说起。

姚鼐为桐城三君子之一，或称桐城派三祖之一。何谓桐城派？曾国藩说："乾隆之末，桐城姚姬传先生鼐善为古文辞，慕效其乡先辈方望溪侍郎之所为，而受法于刘君大櫆及其世父编修君范。三子既通儒硕望，姚先生治其术益精。历城周永年书昌为之语曰：'天下之文章其在桐城乎？'由是学者多归向桐城，号桐城派，犹前世所称江西诗派者也。"（《欧阳生文集序》）何谓桐城三君子？陆继辂说："我朝自望溪方氏别裁诸伪体，一传为刘海峰，再传为姚惜抱。桐城一大县耳，而有三君子接踵辉映其间，可谓盛矣！"（《七家文钞序》）

曾国藩做古文，起初亦由桐城派入手。他虽然说过"往在京师，雅不欲溷入梅郎中之后尘"（《致吴南屏书》），但他当时实在和姚鼐的弟子梅曾亮同在北京以古文著名，人家称梅、曾。又姚永朴说："昔永朴先考慕庭府君尝言吾乡戴存庄孝廉入都，曾文正询古文法，存庄以《惜抱轩尺牍》告之，文正由是益肆力文章。"（《文学研究法·工夫篇》）我们由此可以知道他和桐城派的关系。所以他作《圣哲画像记》，列姚鼐为古来圣哲之一,并说:"国藩之粗解文章,由姚先生启之。"可是曾国藩的造诣,实较姚氏为高。他的门下高第弟子又较姚氏弟子更多,更有名望。所以有人另称他们为"湘乡派"。黎庶昌说:"……至湘乡曾文正公出,扩姚氏而大之,并功德言为一途,挈揽众长,轹归掩方,跨越百氏,将遂席两汉而还之三代,使司马迁、班固、韩愈、欧阳修之文绝而复续,岂非所谓豪杰之士,大雅不群者哉!盖自欧阳氏以来,一人而已。……曾氏之学,盖出于桐城,固知其与姚先生之旨合,而非广己于不可畔岸也。循姚氏之说,屏弃六朝骈丽之习,以求所谓神理气味格律声色,法愈严而体愈尊。循曾氏之说,将尽取儒者之多识格物,博辨训诂,一纳诸雄奇万变之中,以矫桐城末流虚车之饰。其道相资,无可偏废。"(黎庶昌《〈续古文辞类纂〉序》)李详说:"文正之文虽由姬传入手,后益探源扬、马,姁宗退之,奇偶错综,而偶多于奇。复字单谊,杂厕相间。厚集其气,使声采炳焕,而夐焉有声。此又文正自为一派,可名为'湘乡派'。而桐城久在祧列。其门下则有张廉卿裕钊、吴挚甫汝纶、黎莼斋庶昌、薛叔耘福成,亦如姬传先生之四大弟子,要皆湘乡派中人也。"(《论桐城派》)我们读此,可以知道湘乡派和桐城派的渊源关系。阳湖派出于桐城派,力矫桐城派气体的纤弱;湘乡派出于桐城派,力矫桐城派规模的狭小。惟以湘乡派后出,中兴了桐城派,更发扬而光大之,替桐城派争得不朽的光荣。而且湘乡派在最近几十年古文界的势力最大。我们要评述这三十年来的古文,就不得不首先提及他们了。

曾国藩死于一八七二(同治十一年),李元度死于一八八七(光绪十三年),郭嵩焘死于一八九一(光绪十七年),张裕钊、薛福成死于一八九四(光绪二十年),接着黎庶昌死于一八九七(光绪二十三年)。桐城派——湘乡派古文家最后的大师自然要推吴汝纶了。

吴汝纶死于一九〇三（光绪二十九年）。他在同时诸古文家中，比较思想最新，造诣最高。他在最近三十年古文界的影响最大。他说："吴刻《古文辞类纂》，元版已毁，近欲集赀付印。曾文正公一生佩服惜抱先生，于其自作之文尚有趋向乖异之处，独于此书则五体投地，屡见于书札日记家书中。中国斯文未丧，必自此书；以自汉至今，名人杰作尽在其中，不唯好文者宝畜是书，虽始学之士亦当治此书。后日西学盛行，六经不必尽读，此书决不能废。"（《答姚慕庭》）又说："《古文辞类纂》一书，二千年高文略具于此，以为六经后之第一书。此后必应改习西学，中学浩如烟海之书行当废去，独留此书，可令周、孔遗文绵延不绝。"（《答严几道》）又说："中国书籍猥杂，多不足行远。西学行，则学人日力夺去大半，益无暇浏览向时无足轻重之书。而姚选古文则万不能废，以此为学堂必用之书，当与六艺并传不朽也。若中学之精美者，固亦不止此等。往时曾太傅言，六经外有七书，能通其一，即为成学。七者兼通，则闲气所钟，不数数见也。七书者《史记》《汉书》《庄子》《韩文》《文选》《说文》《通鉴》也。某于七书皆未致力，又欲妄增二书，其一姚公此书，余一则曾公《十八家诗钞》也。但此诸书，必高材秀杰之士乃能治之。若资性平钝，虽无西学，亦未能追其涂辙。独姚选古文，即西学堂中亦不能弃去不习，不习则中学绝矣！世人乃欲编造俚文以便初学，此废弃中学之渐，某所私忧而大恐者也！"（《答严几道》）答姚书作于一八九八，答严书均作于一八九九，吴氏真是三十年前的新人物！他提倡西学，他提倡译书，他提倡办学堂，他提倡留学外国。他以为此后西学盛行，六经不必尽读，中学浩如烟海之书都当废去，在三十年前有这种见解，敢说这种话，真不易得！

但他却不肯丢弃古文,他以为六经可以不读,而姚选古文则万不能废,以此为学堂必用之书。他虽然也赞成言文一致(《答日本某君书》),还曾替王照宣传"简字",可是又怕人家编造俚文以教初学,因此而废弃了古文。他自以为得桐城派的嫡传,一直到老到死,深以不得桐城派替人为恨,果然,他死了,桐城派也就可算完了!

这个时期桐城派所以不振的原因,据我推测,其本身的原因有二。第一,桐城派变成了所谓古文家的空招牌。自从桐城派的光焰照耀一世,古文家大都以桐城派相标榜,不求实际,徒慕虚名,结果反为桐城派之累。所以王先谦说:"宗派之说,起于乡曲竞名者之私,播于流俗之口,而浅学者据以自便,有所作,弗协于轨,乃谓吾文派别焉耳!"(《续古文辞类纂叙》)下焉者固以附骥尾为光荣;上焉者乃以续狗尾为耻辱。无怪乎最初吴敏树就不肯居桐城派之名,后来王先谦、吴曾祺、李详一班人就不得不力辟宗派之说了!第二,所谓古文义法变成了古文的空架子。"义法"二字出于《史记·十二诸侯年表第二》:"孔子明王道,干七十余君,莫能用。故西观周室,论史记旧闻,兴于鲁,而次《春秋》。上记隐,下至哀公之获麟,约其文辞,去其烦重,以制义法。王道备,人事浃。"方苞剌取义法二字以论古文。他说:"《春秋》之制义法,自太史公发之,而后之深于文者亦具焉。义即《易》之所谓'言有物'也,法即《易》之所谓'言有序'也。义以为经,而法纬之,然后为成体之文。"(《又书货殖传后》)又说:"南宋、元、明以来,古文义法不讲久矣,吴、越间遗老尤放恣,或杂小说,或沿翰林旧体,无一雅洁者。古文中不可入语录中语,魏、晋、六朝人藻丽俳语,汉赋中板重字法,诗歌中隽语,《南北史》佻巧语。"

(《评沈椒园文》）又说："凡为学佛者传记，用佛氏语则不雅。子厚、子瞻皆以兹自瑕。至明钱受之，则直如涕唾之令人觳矣。"（《答程夔州书》）后来又有人把义法二字从经书中取得注脚，以为："《书·毕命》曰：辞尚体要——要即义也，体即法也。《诗·正月》曰：有伦有脊——脊即义也，伦即法也。《礼记·表记》曰：情欲信，辞欲巧——信即义也，巧即法也。左氏襄二十五年《传》曰：言以足志，文以足言——志即义也，文即法也。"（《文学研究法·纲领篇》）古文家的所谓义法原来如此！钱大昕讥讪方苞实在不懂得古文义法。以为方氏所谓义法，不过世俗选本之□□未尝博观而求其法。因此痛骂方氏不读书。（《潜研堂文集》《与友人书》）说得未免过火。但后来学古文的人就真正不读书，真正不懂古文义法！尽管他们大吹大擂的口讲义法，其实他们所讲求的，至多只是法，不是义；只是言有序，不是言有物；只是形式上的体制修辞，不是实质上的思想意义；结果只讲求得一点形式上的空架子。所以陈衍虽说："人不必桐城，文章则不能外于桐城。为是文者，纡回稽缩，务使词尽意不尽，以至词意俱不尽，可不谓谨严有守者之所为欤？"（《送桐城姚叔节序》）林纾却说："呜乎！古文之敝久矣！大老之信而不惑者，立格树表，俾学者望表赴格，而求合其度，往往病拘挛而痿，于盛年其尚恢富者，则又矜多务博，舍意境，废义法，其去古乃愈远。"（《送大学文科毕业诸学士序》）李详也说："世之为古文者，……仅知姬传为昔之大师，又皆人人所指明，遂依以自固。句摹字剽，于其承接转换，也邪与矣哉焉诸助字，若填匡格，不敢稍溢一语，谓之谨守桐城家法。而于姬传所云义理考据词章三者不可阙一，则又舛焉背驰。"（《论桐城派》）综观他们的议论，我们可以知道桐城派末流所谨守的义法是什么东西了。林纾所说的大老立格树表，学者望表赴格,似乎即是李详说的填匡格。陈衍所说的纡回稽缩,词意不尽,换句话说,便是掉弄虚机。他如吴汝纶所传的湘乡家法——"古文四象",亦只是玄虚的法象。这都是完全偏于法的一方面,即形式方面;而忽略了义的一方面,即实质方面。所以教人徒然学了一点关于体制格律等等的空架子,很少具有学术思想的真内容。像这样的古文,真可以说是"桐城谬种"!

平心论之:桐城派的文章,"清淡简朴""屏弃六朝骈丽之习""选言有序,不刻画而足以昭物情",这是他们的长处。但到了末流,只抱着"宗派"的空招牌,守着"义法"的空架子。既不多读古书,撷取古人的精华;又不随时代而进步,从活泼的时代取得活泼的真理;所以只能做出内容空疏,形式拘束,全无生气的文字来。固然最初姚鼐就说过义理考据词章三者阙一不可,后来曾国藩又益以经世有用之学。但一般文人大抵不肯读书,也不识时务。梅曾亮虽然说过:"文章之事莫大于因时。立吾言于此,虽其事之至微,物之至小,而一时朝野之风俗好尚皆可因吾言而见之。使为文于唐贞元、元和时,读者不知为贞元、元和人不可也;为文于宋嘉祐、元祐时,读者不知为嘉祐、元祐人不可也。韩子曰'惟陈言之务去',岂独其词之不可袭哉?夫古今之理势固有大不同者矣。其为运会所移,人事所推演,而变异日新者,不可穷极也。执古之同以概其异,虽于词无所假者,其文亦已陈矣!"(《答朱丹木书》)但吴敏树却说:"窃惟古文云者,非其体之殊也。所以为之文者,古人为言之道耳,抑非独言之似于古人而已,乃其见之行事,宜无有不合者焉。"(《与杨性农书》)林纾也说:"古于文者,必先古其心与谊。"(《赠姚君懿序》)一般古文家,不仅作文要学古人说话,要说得像古人,便连自身也要变成古人,做个活着的古人,这岂不是笑话?又,曾国藩似曾看到桐城派的经典——

《古文辞类纂》，取材太狭，末流会到空疏浅陋，故另编《经史百家杂钞》。他的门人黎庶昌亦别为《续古文辞类纂》，意在扩大姚选的范围，以补姚选之不及。后来吴曾祺编纂的《涵芬楼古今文钞》，又更扩大了，更繁富了。（张相编纂的《古今文综》，也很选得精赡。）但选本所选，终究有限。这类选本既出，后来学古文的人有了捷径可走，谁也不肯多费气力读书，和留心时代了。何况新鲜活泼的时代已经不是"死文学"所能表现的呢！

这个时期也有两个重要的古文家。但他们的重要，不在他们自己创作的文章，在他们运用古文翻译西洋近世思想的书，或西洋近世文学的书，他们替古文延长了二三十年的运命。这两个人，一为林纾，一为严复。以前翻译西洋文字，大都不出宗教、格致、军事一类的范围。自严复才开始翻译西洋近世思想的书，自林纾才开始翻译西洋近世文学的书。

严复字几道，又字幼陵，福建侯官人。生于一八五四（咸丰四年），死于一九二一（民国十年）。享年六十七岁。比林纾迟生一年，早死三年。初入沈葆桢所设之福州船政学堂。于一八七七年派赴英国，入海军学校，肄习战术炮台诸学。他最擅长数学，又治伦理学、天演学，兼治社会法律经济诸学。归国后，初任福州船政学堂教习。甲午召对，上万言书。不用。历海军副将同知道员诸职。宣统元年设海军部，特授协都统。赐文科进士出身，充学部名词馆总纂，以硕学通儒征为资政院议员，又授海军一等参谋官。民国初，为北京大学校长，历充顾问参政及约法会议议员。后被列名筹安会，为六君子之一。他的一生经历大概如此。

他译的书共有九种。一、赫胥黎（T. Henry Huxley）《天演论》（*Evolution and Ethics and Other Essays*）。二、穆勒（Jrohn Stuartmill）《自由论》（*On Liberty*）。后又改名《群己权界论》。三、穆勒（John Stuartmill）《名学》（*System of Logic*）。四、斯宾塞尔（H. Spencer）《群学肄言》（*Study of Sociology*）。五、斯密亚丹（A. Smith）《原富》（*Inguiry into the Nature and Cause of the Wealth of Nations*）。六、孟德斯鸠（C. D. S. Montesquien）《法意》（*Spirit of Law*）。七、甄克斯（E. Jenks）《社会通诠》（*History of Polities*）。八、耶芳斯（W. S. Jevons）《名学浅说》（*Logics*）。九、卫西琴（Dr. Alford Westharp）《中国教育议》。（参看贺麟《严复的翻译》，《东方杂志》二十二卷二十一号）

  胡适说："严复译的书，有几种——《天演论》《群己权界论》《群学肄言》——在原文本有文学的价值，他的译本在古文学史上也该占一个很高的地位。"又说："他对于译书的用心与郑重真可做我们的模范。"（《五十年来之中国文学》）不错，严复译书真用心，真郑重，甚至"一名之立，旬月踟蹰"。他的译文，也真是很渊雅的古文。今举《天演论》第一段为例。

  赫胥黎独处一室之中，在英伦之南，背山而面野，槛外诸景，历历如在几下。乃悬想二千年前，当罗马大将恺彻未到时，此间有何景物。计惟有天造草昧，人功未施，其藉征人境者，不过几处荒坟，散见陂陀起伏间，而灌木丛林，蒙茸山麓，未经删治如今日者，则无疑也。怒生之草，交加之藤，势如争长相雄，各据一抔壤土。夏与畏日争，冬与严霜争，四时之内，飘风怒吹，或西发西洋，或东起北海，旁午交扇，无时而息。上有鸟兽之践啄，下有蚁蝝之啮伤。憔悴孤虚，旋生旋灭。菀枯顷刻，莫可究详。是离离者亦各尽天能，以自存种族而已。数亩之内，战事炽然，强者后亡，弱者先绝。年年岁岁，偏有留遗。未知始自何年，更不知止于何代。苟人事不施于其间，则莽莽榛榛，长此互相吞并，混逐蔓延而已，而诘之者谁耶？

他这种译文最为当时桐城派大师吴汝纶所激赏，以为"骎骎与晚周诸子相上下"（《天演论序》）；"盖自中土翻译西书以来，无此鸿制。匪直天演之学在中国为初凿鸿濛，亦缘自来译手无似此高文雄笔"（《答严几道》）。所以他老先生要"手录副本，秘之枕中"，说是："虽刘先生之得荆州，不足为喻！"不过当时也还有人觉得他这种文体不流畅锐达的，说是："文笔太务渊雅，刻意摹仿先秦文体，非多读古书之人，一翻殆难索解。夫文界之宜革命久矣！欧、美、日本诸国文体之变化，常与其文明程度成正比例。况此学理邃赜之书，非以流畅锐达之笔行之，安能使学僮受其益乎？著译之业，将以播文明思想于国民也，非为藏山不朽之名誉也。文人结习，吾不能为贤者讳矣！"（《新民丛报·介绍新著〈原富〉》）这种批评自是合理的。但他自己却有一种辩解。他说："翻译文体，其在中国诚有异于古所云者矣，佛氏之书是已。然必先为之律令名义，而后可以喻人。设今之译人未为律令名义，闯然循西文之法而为之，读其书者乃悉解乎？殆不能矣。若徒为近俗之辞，以取便市井乡僻之不学，此于文界乃所谓陵迟，非革命也。且不佞之所从事者，学理邃赜之书也，非以饷学僮而望其受益也。吾译正以待多读中国古书之人，使其目未睹中国之古书，而欲稗贩吾译者，此其过在读者，而译者不任受责也。"（《与〈新民丛报〉记者论所译〈原富〉书》）他的译书原只为少数多读古书的老先生阅读，艰深一点，也自无妨。而且在当日要灌输一班老先生一点西洋近世思想，也就只好用古雅的文章来译，并且还得附会一点中国古书里的老道理上去，叫他们看得起译本，因而看得起西学。所以吴汝纶说："今议者谓西人之学，多吾所未闻。欲沦民智，莫善于译书。吾则以为今西书之流入吾国，适当吾文学靡敝之时。士大夫相矜尚以为学者，时文耳，公牍耳，说部耳，舍此三者，几无所为书。而是三者固不足与文学之事。今西书虽多新学，顾吾之士，以其时文公牍说部之词译而传之，有识者方鄙夷而不知顾，民知之沦何由？此无他，文不足焉故也。文如几道，可与言译书矣。"（《〈天演论〉序》）在他自己也说："风气渐通，士知拿陋为耻；西学之事，问涂日多。然亦有一二巨子，訑然谓彼之所精，不外象数形下之末；彼之所务，不越功利之间；逞臆为谈，不咨其实。讨论国闻，审敌自镜之道，又断断乎不如是也。"（《译〈天演论〉自序》）我们可以想见当时一班老先生对于西学的态度。他却肯译几种西洋思想的书，想叫一班老先生改变顽旧自大，不求长进的思想，知道怎样"讨论国闻，审敌自镜"。这还算是他的宏愿，也就是他的卓识。

以下接论林纾的翻译西洋文学。

林纾字琴南，号畏庐，别号冷红生。福建闽县人。生于一八五二，死于一九二四。光绪壬午举人。曾充京师大学堂文学教习。生平著述甚多。散文则有《畏庐文集》《畏庐续集》《畏庐三集》。诗歌则有《闽中新乐府》《畏庐诗存》。传奇则有《蜀鹃啼》《合浦珠》《天妃庙》三种，笔记则有《技击余闻》《畏庐琐记》《畏庐漫录》等种（自作小说别论）。

他的翻译，从《巴黎茶花女遗事》起，到最后止，共一百五十六种。出版的有一百三十二种。散见于《小说月报》第六卷至第十一卷的有十种。原稿存于商务印书馆未付印的有十四种。在此一百五十六种中，英国作家的作品最多，共有九十三种。其次法国，共有二十五种。再次为美国，共有十九种。再次为俄国，共有六种。此外则希腊、挪威、比利时、瑞士、西班牙、日本诸国，亦各有一二种。还有不曾明注何国何人所著的，共有五种。这五种之中，《情铁》《石麟移月记》二种由中华书局出版，《利俾瑟战血余腥记》及《滑铁卢战血余腥记》二书由文明书局出版，《黑奴吁天录》不知由何处出版，其他皆由商务印书馆出版。

就这些作品的原作者而论，较著名者有莎士比亚（Shakespeare），地孚（Defoe），斐鲁丁（Fielding），史委夫特（Swift），却而斯兰（Chardes Lamb），史的芬生（L. Stevenson），狄更司（Charles Dickens），史各德（Scott），哈葛德（Harggard），科南道尔（Conan Doyle），安东尼贺迫（Anthony Hope），以上为英；华盛顿欧文（Washington lrving），史拖洛夫人（Mdm Stowl），以上为美；预勾（V. Hugo），大仲马（Alexander Dumas），小仲马（Alexander Dumas, fil），巴鲁萨（Balzac），以上为法；以及伊索（Aesop，希腊），易卜生（Ibsen，挪威），威司（Wyss，瑞士），西万提司（Cerventes，西班牙），托尔斯泰（L. Tolstoy，俄），德富健次郎（日本）。在这些作家中，其作品经林氏译得最多者为哈葛德，共有《迦茵小传》《鬼山狼侠传》《红礁画桨录》《烟火马》等二十种。其次为科南道尔，共有《歇洛克奇案开场》《电影楼台》《蛇女士传》《黑太子南征录》等七种。再次托尔斯泰有六种，为《现身说法》（Childhood, Boyhood and Youth）、《人鬼关头》

(The Death of lvan Ilyitch)、《恨缕情丝》《罗刹因果录》《社会声影录》（以上三种为短篇小说）及《情幻》。小仲马，有五种，为《巴黎茶花女遗事》（Le Dam Aux Cam Elias）、《鹦鹉缘》、《香钩情眼》、《血华鸳鸯枕》、《伊罗埋心记》。狄更司有五种，为《贼史》（Oliver Twist）、《冰雪因缘》（Dombey and Son）、《滑稽外史》（Nicholas Nickleby）、《孝女耐儿传》（Old Curiosity Shops）、《块肉余生述》（David Copperfield）。再次莎士比亚有四种，为《凯彻遗事》（Julius Caesar）、《雷差得纪》（Richard Ⅱ）、《亨利第四纪》（Henry Ⅳ）、《亨利第六遗事》（HenryVl）。史各德有三种，为《撒克逊劫后英雄略》（Ivanho）、《十字军英雄记》（The Talisman）、《剑底鸳鸯》（The Betrothed）。华盛顿·欧文有三种，为《拊掌录》（Sketck Book）、《旅行述异》、《大食故宫余载》。大仲马有二种，为《玉楼花劫》（Le Chevtier De maison Rogue）、《蟹莲郡主传》（Comtess de Charney）。其他仅有一种的，如伊索为《寓言》，易卜生为《梅孽》（Ghosts），威司为《鹮巢记》（The Swiss Family），西万提司为《魔侠传》（Don Quixote），地孚为《鲁滨逊飘流记》（Robinon Grusoe），斐鲁丁为《洞冥记》，史委夫特为《海外轩渠录》（Gulliver's Travels），史的芬生为《新天方夜谭》（New Arabian Nights），却尔斯兰为《吟边燕语》（Tale from Shakepeare），安东尼·贺迪为《西奴林娜小传》，史拖洛夫人为《黑奴吁天录》（Uncle Tom's Cabin），预勾为《双雄气死录》（Ninetythree），巴鲁萨为《哀吹录》（系短篇小说集），德富健次郎为《不如妇》。这些作品除了科南道尔与哈葛德之外，其他大都是很重要的不朽的名著。这个统计系根据郑振铎《林琴南先生》一文，见《小说月报》，第十五卷第十一号。

在他的这些译品中很得人家称许的，为小仲马的《巴黎茶花女遗事》，狄更司的《块肉余生述》《冰雪因缘》《贼史》《孝女耐儿传》《滑稽外史》，史各德的《撒克逊劫后英雄略》，西万提司的《魔侠传》，地乎的《鲁滨逊飘流记》，欧文的《拊掌录》等各书。其中又以《巴黎茶花女遗事》最早出，最享盛名，鼓起他翻译小说的兴致。本来那个翻译本，文笔哀艳深挚，很觉动人。今引一段于此，系写亚猛自述与马克双栖巴黎郊外匏止坪的生活。

马克自是以后，竟弗谈公爵，一举一动均若防余忆其旧日狂荡之态，力自洗涤以对余者。情好日深，交游尽息。言语渐形庄重，用度归于撙节。时时冠草冠，著素衣，偕余同行水边林下，意态萧闲。人岂知为十余日前身在巴黎花天酒地中绝代出尘之马克耶？嗟夫！情浓分短，余此时身享艳福，如在梦中。两月以后，余二人足迹不至巴黎，巴黎游客亦无至者。唯配唐色与于斯里著巴二人时时见顾。时长夏郁蒸，林木纯碧。余与马克临窗眺瞩，觉二人情丝两两交纠，飞在林梢草际，微微游漾。此余生平所未享之艳情，亦马克病中所不经之香福。饭余无事，马克辄握余所赠《漫郎摄实戈》小说，读之不去手。然而犹时时得公爵书，马克未开封，即以授余。余读公爵书，辞气凄惋，防马克心动，辄折毁之，不欲以苦马克也。公爵见久无回书，自是亦不复至。余自思人生受一美妇人之怜，凡景物时光，若有缩而促之者，瞥然即过，当局竟不自觉。究之男子不知情爱，此心殊泛泛无宅，在宇宙中似一奇零之人，殊觉寡味；而尤不愿散裹走失，旁及他物，须将情款团聚一处，以溢注此美人之身，始情遂而意适。

故余头脑中满装一马克之外,并不许更有盛满之物与马克争余脑中位置。觉既爱此人,每日必有所惬心之事常至余前,逐日变易,无一雷同,斯亦怪矣。余与马克每值月明,辄依林阴而坐,夜气冲融和悦,若将余二人熔成一片者。向晓,帘深浓睡未寤,偶为啼鸟惊觉,疑余身上之情倾吐不了,幻为汪洋巨浸,合马克深沉其中,偶出口鼻以受天气,旋复堕溺水底,不可复出者。一日,马克偶坐,若有泪容,余怪之。马克曰:"亚猛,尔我二人情爱似非寻常。然余偶尔后顾,辄用悲凉。何者?人情不常,我爱亚猛,亚猛知之已审。设一日亚猛念余旧污,忽尔拂袖而去,又将如何?然吾领略双栖滋味已久,心便安之,万不能更揽新欢,断我旧爱。"余曰:"誓之,永不负马克也。"

胡适说:"林纾译小仲马的《茶花女》,用古文叙事写情也可以算是一种尝试。自有古文以来,从不曾有这样长篇叙事写情的文章。《茶花女》的成绩,遂替古文开辟一个新殖民地。"(《五十年来之中国文学》)在林纾自己也颇以这个译本自负。但他似乎还免不了一点头巾气。他在译本上署名冷红生。你看他的《冷红生传》:

冷红生居闽之琼水,自言系出金陵某氏,顾不详其族望。家贫而貌寝,且木强多怒。少时见妇人,辄踧踖匿隅。尝力拒奔女,严关自捍。嗣相见,奔者恒恨之。追长,以文章名于时。读书苍霞洲上,洲左右皆妓寮。有庄氏者,色技绝一时。龛缘求见生,卒不许。邻妓谢氏笑之,侦生他出,潜投珍饵,馆僮聚食之尽,生漠然不闻知。一日，群饮江楼，坐客皆谢旧昵。谢亦自以为生既受饵矣，或当有情，逼而见之，生逡巡遁去。客成骇笑，以为诡僻不可近。生闻而长叹曰："吾非反情为仇也。顾吾褊狭善妬，一有所狎，至死不易忘，人又未必能谅之，故宁早自脱也。"所居多枫树，因取"枫落吴江冷"诗意，自号曰冷红生，亦用志其癖也。生好著书，所译《巴黎茶花女遗事》尤凄婉有情致。尝自读而叹曰："吾能状物态至此，宁谓木强之人果与情为仇也耶？"

这篇短短的传记，写他自己的一生性情，似乎可以算得一种坦率的自白。他是一个多情的人，他不肯见之于行动，乃发之于文章，很热情地翻译《巴黎茶花女遗事》《迦茵小传》《洪罕女郎传》《红礁画桨录》一类的小说。《冷红生传》《〈洪罕女郎传〉序》，都是他翻译这类小说的心情的写照。我们要懂得他这种心情，才可以读他这类的小说。他虽颇有几分头巾气，却肯翻译这种东西，还敢讪笑"假道学"。他说："宋儒嗜两庑之冷肉，宁拘挛曲跼其身，尽日作礼容，虽心中私念美女，颜色亦不敢少动，则两庑之冷肉荡漾于前也。"（《〈橡湖仙影〉序》）这是他比一般迂腐的老夫子究竟要高明的地方，也就是他能赏鉴西洋小说的原因之一。

他不懂西文，译书全靠懂西文的人口译。他译得很快，"耳受手追，声已笔止"。每日工作四小时，可以写得六千字。他赏鉴西洋文学，全靠两耳为过道，很不让于人家的用眼力。他说："予尝静处一室，可经月，户外家人足音，颇能辨之了了，而余目固未之接也。今我同志数君子，偶举西士之文字示余，余虽不审西文，然日闻其口译，亦能区别其文章之流派，如辨家人之足音。其间有高厉者，清虚者，绵婉者，雄伟者，悲梗者，淫冶者，要皆归本于性情之正，彰瘅之严。此万世之公理，中外不能僭越。"(《〈孝女耐儿传〉序》)而且他有时领悟原文的意味，似乎还远胜于能读原文的口译者。例如他评迭更司说："英文之高者曰司各得，法文之高者曰仲马，吾则皆译之矣。然司氏之文绵褫，仲氏之文疏阔，读后无复余味。独迭更司先生临文如善奕之著子，闲闲一置，殆千旋万绕，一至旧著之地，则此著实先敌人，盖于未胚胎之前已伏线矣。惟其伏线之微，故虽一小物，一小事，译者亦无敢弃掷而删节之，防后来之笔旋绕到此，无复叫应。冲叔初不著意，久久闻余言始觉。于是余二人口述，神会，笔逐，绵绵延延，至于幽渺深沈之中，觉步步咸有意境可寻。呜呼！文学至此，真足以赏心而怡神矣！"(《〈冰雪因缘〉序》)他很喜欢于小说序中发摅见解，评论文学，有许多大胆的议论。如以为迭更司与司各得诸人的小说，其妙处或高于中国左、马、班、韩的文章，或高于中国的《红楼》《水浒》，这种议论，直叫一班轻视西洋无文学的老先生咋舌！不过他终究因为不懂原文，往往有节译误译之处，很招人家的指摘。所以他只好说："急就之章，难保不无舛谬。近有海内知交，投书举鄙人谬误之处见箴，心甚感之。惟鄙人不审西文，但能笔述，即有讹错，均出不知。"(《〈西利亚郡主别传〉序》)"即有讹错，均出不知。"这是一个不审西文但能笔述的翻译者说的老实话，也就是他的无可奈何的伤心语！

严复、林纾同出吴汝纶的门下，世称林、严。他们的古文都可以说是桐城派的嫡传，尤以林纾自谓能谨守桐城义法。但他们所以在这三十年来古文界占重要的地位，乃在他们能用古文译书，把古文应用的范围推广，替古文开辟一个新世界，替古文争得最后的光荣。

胡适说:"古文不曾做过长篇的小说,林纾居然用古文译了一百多种长篇小说,还使许多学他的人也用古文译了许多长篇小说;古文里很少滑稽的风味,林纾居然用古文译了欧文与迭更司的作品。古文不长于写情,林纾居然用古文译了《茶花女》与《迦茵小传》等书。古文的应用,自司马迁以来从没有这种大的成绩。"——这是林纾在古文史上的一种大贡献。

古文家爱说"文者贯道之器""文以明道""文以载道"等等体面话头。可是自从韩愈以来,值得称为载道或说道之文的,实在不多。每一个有名的古文家的集子里,差不多总有几篇关于性与天道、宗经征圣的大文章,或是所谓体国经野以及尚论古人的大议论,杂在一大堆赠序谀人、传志诳鬼的文字里。但大都是装点门面的,甚或十分迂腐荒谬。乃至做一篇《敬惜字纸》说(梅曾亮《柏枧山房文集》),还算新颖的说理之文。所以曾国藩说:"古文无施不可,但不宜说理。"(《复吴南屏书》)又说:"自孔、孟以后,惟濂溪《通书》、横渠《正蒙》,道与文可谓兼至交尽。其次如昌黎《原道》、子固《学记》、朱子《大学章句序》,寥寥数篇而已。此外则道与文竟不能不离而为二。鄙意欲发为义理,则当法经说理窟语录札记;欲学为文,则当扫荡一副旧习,赤地新立,将前此所业,荡然若丧其所有,乃始别有一番文境。"(《与刘霞仙书》)他说古文不宜说理,道与文不能不离而为二,不错,拿腐儒的所谓"理",所谓"道",做得出什么好文章?这个时期的严复,不独不满意于韩愈的所谓"道",而作《辟韩》,还居然用古文翻译了西洋说理邃赜之文,弥补了自韩愈以来古文不宜说理的缺陷——这许是严复在古文史上的一种大贡献。

# 五 古文的演变与新文体的发生(下)

桐城派的衰微,和严复、林纾的译书文及其贡献,已略如前述。现在接论章炳麟的述学文,和自梁启超以来的论政文——"新文体"的发生。

现在大家都称章炳麟为国学大家,在他自己又何尝不以光大国学自任?他说:

> 上天以国粹付余,自炳麟之初生迄于今兹,三十有六岁。凤鸟不至,河不出图;惟余亦不任宅其位,繄素王素臣之迹是践。岂直抱残守阙而已,又将官其财物,恢明而光大之。怀未得遂,累于仇国。惟金火相革欤,则尤有继述者。至于支那闳硕壮美之学,而遂斩其统绪,国故民纪绝于余手,是则余之罪也!

这是他的《癸卯狱中自记》。他直以为个人的生死,关系国学的存亡。他说"上天以国粹付余",这是何等傲岸自尊的夸大!加以他平日颇有一些怪脾气,所以有人以他为狂,或说他有神经病,甚至直称他为章疯子。但在他自己不独不以为侮,反而以能发非常可怪之议论的神经病者自豪(章太炎《演说录》,《民报》六号)。他是一个自视甚高的学者,很瞧不起人家。他论文很刻,不满意于唐、宋以来古文家,更不满意于同时一般古文家,尤其对于林纾、严复,大有贬辞。他说:

……韩、吕、刘、柳所为,自以为古文辞,纵材薄不能攀姬、汉,其愈隋、唐末流猥文固远。宋世吴、蜀六士志不师古,乃自以当时决科献书之文为体,是岂可并哉。……仆重汪中。未尝薄姚鼐、张惠言。姚、张所法,上不过唐、宋,然视吴、蜀六士为谨。(自注:事言稍少,此近代文所长。若恽敬之恣。龚自珍之儇,则不可同论。)仆视此虽不与宋祁、司马光等,要之文能循俗,后生以是为法,犹有坛宇,不下堕于猥言酿辞,兹所以无废也。并世所见,王闿运能尽雅,其次吴汝纶以下,有桐城马其昶为能尽俗。(自注:萧穆犹未能尽俗。)下流所仰,乃在严复、林纾之徒。复辞虽饬,气体比于制举,若将所谓曳行作姿者也。纾视复又弥下,辞无涓选,精彩杂污,而更浸润唐人小说之风。夫欲物其体势,视若蔽尘,笑若龋齿,行若曲肩,自以为妍,而只益其丑也!与蒲松龄相次,自饰其辞而祗敬之,曰此真司马迁、班固之言!若然者,既不能雅,又不能俗,则复不得比于吴、蜀六士矣!(《与人论文书》)

他以为严复、林纾之文既不能雅,又不能俗,惟有王闿运能尽雅,马其昶能尽俗。雅俗的标准难定,那末,他所说的也不必是定评了。即算严复、林纾自己创作的散文,不能如湘绮楼的所谓古雅,抱润轩的所谓谨严,但论他们的译书文,在近代思想上文学上的贡献,这岂是王闿运、马其昶所能企及的?

马其昶之文尚远不及王先谦、缪荃孙二人之文的内容充实,也不若曹孟其《逸词残稿》的奇诡有趣。(王先谦、姜济寰、章士钊、李肖聃诸人都极称赏其文。)今不具论。惟有王闿运最享盛名,但论他的文章,最好也不过在摹古可以乱真。他以为："学古当渐渍于古。先作论事理短篇，务使成章。取古人成作，处处临摹，如仿书然，一字一句必求其似。如此者，家信帐记，皆可摹古。然后稍记事，先取今事与古事类者，比而作之。再取今事与古事远者，比而附之。终取今事为古所绝无者，改而文之。如是，非十余年之专功，不能到也。"（《王志·论文法答张正旸》）他摹古的方法原来如此！他贬八家不得言文。他讥韩愈"自命起衰，首倡复古。心摹子云，口诵马迁，终身为之，乃无一似"（《王志·论文法答陈完夫》）。他以为韩愈复古的所以失败，乃在遗貌取神，所以他创神寄于貌，遗貌何所得神之说。他主张求其貌似。他直以"优孟衣冠"为喻。质言之，就是摹拟须当可以乱真。——此之谓"假古董"！他曾很郑重地说：

> 余少学为文，思兼单复。及作《桂阳图志》，下笔自欲陵子长，读之乃顾似《明史》，意甚恶焉。比作《湘军志》，庶乎轶承祚，睨蔚宗矣。志铭小记叙，则置于晋、宋之间，可以乱真。然常自贵其有韵之文，以其本从诗出。如欲标榜吾文，非知己也！（《王志·论文法答陈完夫》）

你看他这是何等地以摹古乱真自负！不过他毕竟是一个顶聪明的人，他知道一般愚人会把变戏法当真实，他怕他的门弟子会把师说当宝诰真言，把摹古当金科玉律。所以他不得不再三郑重地相告"余诗不可观"，又说"如欲标榜吾文，非知己也！"

章炳麟虽然一面说王闿运为能尽雅，一面又说他"犹多掩袭声华，未能独往"（《与邓实书》）。总之，他于同时文人都瞧不起。甚至连他尊敬的俞先生（樾）也说："其文窳滥，不称其学。"（此语见《民报》十号，《说林·校文士》。《章氏丛书·文录》卷一《说林下》，将此语删去。）晚清时候，曾有人把他的文章刊入近世五十家，他大不以为然，寄书邓实，深自表异。他以为文学之业，穷于天监。自梁以来，文日朽蠹。他"将取千年朽蠹之余，反之正则"。他究竟认那个时代的文章为正则？不是唐、宋八家以来古文，不是六朝文，也不是秦、汉文，乃是魏、晋文。他说：

  或言今世慕古人文辞者，多论其世，唐、宋不如六代，六代不如秦、汉，今谓持论以魏、晋为法，上遗秦、汉，敢问所安？曰：夫言亦各有所当矣。秦世先有韩非、黄公之伦，持论信善。及始皇并六国，其道已隘。自尔及汉，记事韵文，后世莫与比隆，然非所及于持论也。汉初儒者，与纵横相依，逆取则饰游谈，顺守则主常论。游谈恣肆，而无法程；常论宽缓，而无攻守。道家独主清静，求如韩非《解老》，已不可得。《淮南鸿烈》，又杂神仙辞赋之言。其后经师渐与阴阳家并，而论议益多牵制矣。汉论著者，莫如《盐铁》。然观其驳议，御史大夫丞相史言此，而文学贤良言彼，不相剀切。有时牵引小事，攻劾无已，则论已离其宗。或有却击如骂，侮弄如嘲，故发言终日，而不得所凝止。其文虽博丽哉，以持论则不中矣。董仲舒《深察名号》，略本孙卿，为已条秩，然多傅以疑似之言。惜乎刘歆《七略》，其六录于《汉志》，而《辑略》俄空焉。不然，歆之谨审权量，斯有仑有脊者也。今汉籍见存者，独有王充，不循俗迹。恨其文体散杂，非可讽诵。其次独有《昌言》而已。魏、晋之文，大体皆埤于汉，独持论仿佛晚周。气体虽异，要其守己有变，伐人有序，和理在中。孚尹旁达，可以为百世师矣。……

夫雅而不核，近于诵数，汉人之短也。康而不节，近于疆钳；肆而不制，近于流荡；清而不根，近于草野；唐、宋之过也。有其利，无其病者，莫若魏、晋。……

效唐、宋之持论者，利其齿牙；效汉之持论者，多其记诵；斯已给矣。效魏、晋之持论者，上不徒守文，下不可御人以口，必先豫之以学。（《国故论衡·论式》）

他主张学魏、晋文，他说持论"必先豫之以学"。他"将取千年朽蠹之余，反之正则"。这是自六朝、唐、宋以来一般文人不通小学，不翦浮辞，不能说理的一种反动。他的文章是学者之文。他是自乾、嘉以来朴学家中最能持论的一个。他以为"文字本以代言"，"凡云文者，包络一切著于竹帛者而为言，故有成句读文，有不成句读文"。他以为文、笔、单、复，各有其用，不必分别。这都是很重要的见解。他还以为"不得以感人者为文辞，不感者为学说"（以上均见《国故论衡·文学总略》）。主张学说文辞合一，换一句话说，便是学者之文与文人之文合一。所以他的讲学说理的文章，都很有文学的价值。

刘师培、黄侃都尝从章炳麟问学。刘氏的《左盦集》里也不少述学名篇。他生于一八八四（光绪十年），死于一九一九（民国八年）。论文以有韵偶行者为主，曾作《广文言说》《文笔诗笔词笔考》，与其乡先辈阮元的主张略同。近来有人很恭维他的《论文杂记》，谓为融清代经学史学文学诸家论文之长，以自成一家之言。又有人把他和阮元并称，号为"仪征派"，以与桐城派对立。黄侃的文章世不多见。胡适说他只学得章炳麟的一点形式，没有"先豫之以学"的内容，故终究只成了一种假古董。他于胡适这种批评颇表示不满。你看他写的这一封信：

> 郑生大弟。昨示仆以胡适之在《申报》论近日文学，涉及于仆之辞，怪仆何以遂默默。年来闭户息纷，不观杂报，藉非足下语我，虽使白首不闻胡君之教可也。胡君起自孤生，以致盛誉，久游外国，尚知读中国书，仆固未尝不称道之；而品核古今，裁量人物，殆非所任；正使讥仆，亦何伤乎？而以默默为病耶？少违严父之教，幸为慈母因母嫡兄寡姊所怜，得至成立。性气浮躁，不能潜心学问；徒恃灵明，弄笔骋辞；虽承师说，无所禅益；授书横序，鲜有发明；斯不学之征：胡君论仆，自为知之不谬耳！人固有晚令，而仆自失供养以来，心事凄苦，无意问学。偶欲究声音训故之条例，求汉世经师之家法，而闻见苦于未广，窃恐此生遂终废弃，上负在三之恩。胡君虽欲刻厉仆，其如驽骞之乘，无志千里何哉！仆闻衔鬻叫呼，悬旌自表者，非隋和之宝。仆之为文，诚不豫之以学，何可讳言！抑胡君以文变天下之俗，其自视学问果居何等耶？猥以假古董为诮，盖伪古伪新，其事均等。仆与胡君，分据两涂，各事百年，不亦可乎？仆非不能以恶声反诸胡君，窃见今之学者，为学穷乎诟骂，博物止于斗争，故耻之不为也。书此即问无恙。侃白。（《答郑际旦书》）

他写这封信，表面上似乎矜平躁释，不与人争；实则大有"心愤涌，笔手扰"之概。他说"伪古伪新，其事均等，分据两涂，各事百年"，这是他与胡适不相菲薄不相师的一种表示。他这封信开端称"郑生大弟"，这可也不是现代人友生之间的称呼套头，你须知道他这也是要"遵古法制"的呀！

次论梁启超以来的论政文——"新文体"的发生。

孔老先生虽然说过"君子思不出其位","不在其位,不谋其政",但一般读书人遇着社会国家发生变态的时候,还是好议论政治的。秦始皇时,"诸生在咸阳者,或为谣言以乱黔首"。"东汉太学三万人,危言深论,不隐豪强,公卿避其贬议。宋诸生伏阙捶鼓,请起李纲"。明季东林、复社,排击阉宦。这都是读书士子不满于当时变态的社会国家,起而议论政治的好例。近代中国自经甲午之役大败于日本,清廷腐败的真相毕露,一班少年有志之士,已经从闭关自大的酣梦里醒觉过来,意识虽然仍带朦胧,却已认定一个非改革政治,不足以图存的方向。于是大家起来谈富强,谈变法。其实中国自经鸦片战争(一八四〇——一八四二)以后,未尝没有几个比较眼光远大,明白时势一点的人,如魏源(《海国图志》的作者),郑观应(《盛世危言》的作者),郭嵩焘,薛福成之流,都于时政有所论列,但都于政治上不曾发生大影响。他们不独不能造成风气,反为当时锢闭的风气所排斥。甚至如郭嵩焘被人指为"汉奸",侘傺而死(死于甲午之前三年)。直到甲午以后,才有一般年少气盛之士,激于报仇雪耻的义愤,于是谈西学,谈洋务,谈富强,谈变法,一时如风发水涌般起来。例如康有为的"公车上书",孙文的《上李鸿章书》,强学会、保国会的组织,《强学报》《时务报》的发行,以及戊戌的变法,都足以表示当时的崭新的士气。戊戌的变法既遭守旧党的反对而失败,不久又经义和团的挫辱。颠顶腐败的清廷愈自表襮其不足与有为。于是觉悟的人愈多,讲时务,谈政治,更成为一时风气。《新民丛报》《民报》一类论政的文章愈流行了。

那时候严复的《天演论》,康有为的"三保论"(包括他的保教保国保种的文章。当时和他同调的人很多,我曾称他们这派人为"三保论者"），谭嗣同的《仁学》，何启、胡礼垣的《辨惑篇》和《新政始基》，自然都于当时的思想界，各有其相当的位置。倘若论到文学上的影响，而开近代文学史上的新纪元，就不得不首推梁启超《新民丛报》里的论政文了。

梁启超字卓如，号任公，别署饮冰室主人。广东新会熊子乡人。八岁为文，九岁能缀千言，十二岁入学，十七岁中举。后从学于康有为，并从事于变法维新运动。民国时，曾为司法及财政总长等官。生于一八七三（同治十二年），死于一九二九（民国十八年）。他是近代文言散文——"新文体"的开山祖师。他是文学革命的先驱者。他幼年为文，曾学晚汉、魏、晋，颇尚矜炼；又曾学桐城派古文，喜读姚氏《古文辞类纂》；同时还曾学八股文，以应科举考试。他是戊戌维新运动中的重要人物之一。失败以后，寓居日本。初办《清议报》，继出《新民丛报》。所为文章，既不似晚汉、魏、晋文，又不似桐城派文，也不似八股文，乃是这些文体的变种，另成他的所谓"新文体"。这种新文体从旧文体解放出来，诚如他自己所说，有几种好处：一、平易畅达。时杂以俚语韵语外国语法，纵笔所至不检束。二、条理明晰。三、笔端常带情感。具有使读者特别感动的魔力（《清代学术概论》，页一四二）。章炳麟所讥的"报章小说，人奉为宗"（《菿汉微言》，页六八），正是这种风行一时的文体。章氏以为这种文体还不如他所轻视的桐城派。其实这种文体正从桐城派文八股文以及其他古体文演变而来，比桐城派古文更为有用，更为适合于时代的需要。而且这种文体上的演变——古文体的解放，新文体的发生，正是文学革命的第一步，是近代文学发展上必经的途径。

这种新文体在纯正的旧文学者看来，自然是看不上眼。章炳麟免不了要骂为"堕于下流"，那是不消说了。张之洞因不喜欢这种文体，乃禁止吏民上书杂用由日本文里稗贩过来的新名词。所以他的门人樊增祥在所上的寿序里说："如有佳语，不含鸡舌而亦香；尽去新词，不食马肝为知味。"还有叶德辉说："……独怪今之谈时务者，……笔舌掉罄，自称支那；初哉首基，必曰起点。不思支那乃释氏之称唐土，起点乃舌人之解算文。论其语，则翻译而成词；按其文，则拼音而得字；非文非质，不中不西。东施效颦，得毋为邻女窃笑耶？"（《郋园书札答人书》）又有一位署名皞皞子的，很推重林纾、严复的文章。对于梁启超虽不直接加以攻击，却不得不说："自夫巳氏以揽合东语杂凑成篇之文字倡导学子，而后进承风，摹效不已。至沿袭其肤浅语，率易语，而奉为金科玉律，缪种流传，校风渐染。此亦时文后之一厄也！"（《林严合钞·序》）这显然是瞄准梁起超而放的冷箭。后来康有为也说："比岁举国文章，背经舍史。秽语鄙词，杂沓纸上。视之则刺吾目，引之则污吾笔。盖文字之义，与声乐相通；鄙悖之声，与国风相应。大雅既坠，淫哇鄙亵，能无乱乎？若其句不成章，语不成调，是谓俚语，岂曰成文？"又说："或谓新法语文，宜于一致，岂知进化之理。一致者当使升鄙言以归于雅音，岂可去雅言而从于俚语。诗曰：'鸣彼飞鹦，集我泮林，食我桑椹，怀我好音。'是化鹦鸣为好音，非易好音为鹦鸣也。若易好音为鹦鸣，是谓退化，岂可谓一致？推其所原，皆自东文来也。盖日本文法长累过甚，彼以旧俗，既牵汉文，又加英文法，不得不然。我国数千年之文章，单字成文，比音成乐，杂色成章，万国罕比其美，岂可自舍之？且以读东书学东文之故，乃并其不雅之名词而皆师学之。于是手段、手续、取消、取缔，打消、打击之名，在日人以为俗谚者，在吾国则为雅文，至命令皆用之矣。其他如崇拜、社会、价值、绝对、唯一、要素、经济、人格、谈判、运动、双方之字，连章满目，皆与吾中国训诂不相通晓。……若以难中国之旧人乎？抑以夸异文之新博乎？接前之文史则不相通，垂后之文史则不为尔雅。今之对流，岂不知日本文学皆出自中国？乃俯而师日本之俚词，何无耻也！始于清之末世，滥于共和之初，十年以来，真吾国文学之大厄也！"（《中国颠危误在于全法欧美而尽弃国粹说》）这些话虽非专为梁启超而发，但他所掊击的文体，正是梁启超派的新文体。以上所陈，都是对于梁启超派新文体搀杂俚语或日本语的掊击。实在讲起来，这种新文体不避俗言俚语，使古文白话化，使文言白话的距离比较接近，这正是白话文学运动的第一步，也即是文学革命的第一步。梁氏于此，可说有功无罪。至于搀杂日本语，或其他外来语，抑或创制新名词，则是中外学术交换上必然的现象。外来学术大半于此土为新义，本国旧语不能正确地表现新义，自不能不另铸新词，或者直用原来术语而译其音。中国自汉、晋至隋、唐八九百年间，翻译佛经，即是如此办法。现在中国语文里面，如因缘、果报、涅槃、刹那，都是佛经语。日本人所编《佛教大辞典》，所收有三万五千余语。这三万五千余语，代表三万五千余观念，都成了中国语文里面的新成分，把中国语文的实质扩大了。最近二三十年间，中外学术的接触日近一日，中国语文里面加入的外来语新名词也日多一日，中国语文的实质愈益扩大了。这是学术进步的一种好现象。那末，适合时代需要的新文体，杂用日本语或其他外来语，又有什么不可呢！

　　还有对于梁启超"笔端常带情感"所生的影响而加以恶评的。例如胡先骕说："梁启超之文，纯为报章文字，几不可语夫文学。其笔锋常带情感，虽为其文有魔力之原因，亦正其文根本之症结。如安德诺论英国批评家之文，'目的在感动血与官感，而不在感动精神与智慧'故喜为浮夸空疏豪宕激越之语，以炫人之耳目，以取悦于一般不学之'费列斯顿'，其一时之风行以此，其在文学上无永久之价值亦以此。"（《评胡适〈五十年来之中国文学〉》）这还不算十分厉害的恶评，还有比这个更厉害的，就要算严复的批评了。他说："往者杭州蒋观云尝谓梁任公笔下大有魔力，而实有左右社会之能。故言破坏，则人人以破坏为天经；倡暗杀，则党党以暗杀为地义。……大抵任公操笔为文时，其实心救国之意浅，而俗谚所谓出风头之意多。庄生请蒯聩知人之过，而不知其所以过。法文豪嚣俄（Victor Hugo）谓革命风潮起时，人人爱走直线，当者立靡。德文豪哥德（Goethe）戏曲有中有鲍斯特（Faust）者，无学不窥，最后学符咒神秘术。一夜召地球神，而地球神至，阴森狞恶，六骸震动。问欲何为。鲍大恐屈伏，然无术以退之。嗟乎！任公既以笔端搅乱社会，至如此矣，然惜无术再使吾国社会清明。则于救亡本旨又何济耶！"又说："任公笔原自畅达，其甲午以后，于报章文字成绩为多。一纸风行，海内观听为之一耸。又其时赴东学子，盈万累千，名为求学，而大抵皆为日本之所利用。当上海《时务报》之初出也，复尝寓书戒之，劝其无易由言，致成他日之悔。闻当日得书，颇为意动。而转念乃云吾将凭随时之良知行之。（自注：梁任公学主陆、王，此极危险。）由是所言皆偏宕之谈，惊奇可喜之论。至学识稍增，自知过当，则曰吾不惜与自己前言宣战。然而革命暗杀破坏诸主张，并不为悔艾者留余地也。"（《严几道书札》二五—二六，见《学衡》十二期）严复直以为梁启超的笔端覆亡了满清，搅乱了社会，至于说他所得于杂志的钱为造孽钱。这固未免言之过火，但梁启超笔端的魔力之大也就可以想见了！

平心论之，梁启超的思想较能随时进步，亦好随时发议论，故他的文章最多，而其影响亦最大。那时海外的华侨、留学生，国内学堂里的教师学生，尤其是报馆里的记者，都好读他的文章，好做他这派文章。他们用这种文章来向当道上书，来向报馆投稿，来谈洋务，来谈政治。又当日俄战争（一九〇四——九〇五）以后，民主派的革命运动一天一天的增加声势。同时立宪派的君主立宪运动也就渐渐的可以在国内公开的活动。这两派的主张时常发生冲突。《新民丛报》代表立宪派，《民报》代表民主派，两者对峙，做很激烈的论战。其他国内报纸，及国外华字报纸，无虑数十种，也就形成两派，论战不已。（戈公振《中国报学史》第四章第八节，列有两派报纸表，可参看。）其时曾有《立宪论与革命论之论战》一书发刊。这种论战在中国近代散文史上有一种良好的影响，因为从此以后，谨严的，深厚的政论文学才得成长。梁启超的文章在这种论战的时候，每因和他的论敌作战而有进步，又每因自己年龄的增加，和时代进展而有进步。他说"不惜以今日之我难昔日之我"，这正是他今日之我较昨日之我进步了的缘故。他在这样进步的历程中，渐渐脱去了早年浮夸，叫嚣，堆砌，缴绕，种种毛病。迨章士钊的《独立周报》《甲寅》杂志先后出世，时时和梁启超论难，和一般谈政治的人论难，还时时批评当时政治的现象。谨严的论政文，因之发展至于成熟了，也即是近代文言散文——"新文体"的成熟。

　　章士钊曾留学英国，读过一些关于政治法律的书，又好研究逻辑，曾著过一本中国文法书——《中等国文典》。他的文章既有学理做底子，有论理做骨格，有文法做准绳，又据他自己说，他好峻洁的柳文，故他的文章很为谨严莹洁。现在看他怎样的自述？

　　　　……愚于文，实无工力可言。其粗解秉笔，纪事述意，不大虞竭蹶者，亦所凭天事为多。且移用远西词令，隐为控纵而已。……愚夙好柳子厚文，夫子厚文果胡独异乎？以愚观之，凡文自有其逻辑独至之境，高之则太仰，低焉则太俯，增之则太多，减之则太少，急焉则太张，缓焉则太弛。能斟酌乎俯仰多少张弛之度，恰如其分以予之者，斯为宇宙至文。子厚《答韦中立论师道书》，自道文章甘苦。有曰参之穀梁以厉其气，参之孟、荀以畅其支，参之老、庄以肆其端，参之《国语》以博其趣，参之《离骚》以致其幽，参之太史以著其洁。夫于气则厉，于支则畅，于端则肆，于趣则博，于幽则致，于洁则著，相引以穷其胜，相剂以尽其美，凡文章之能事至此始观止矣！就中洁之云者，尤为集成一贯之德，有获于是，其余诸德，自帖然按部而来，故子厚殿焉。愚见夫自来文家，美中所感不足，盖莫逾洁之道未备。韩退之《致孟东野书》，一篇之中连用其字四十余次。此科以助词未甚中程，似不为过。苏子瞻论文，谓宜求物之妙，使了然于口于手，此独到之见，恒人所无。然东坡之文，往往泥沙俱下，气盛诚有之，言宜每不尽然。可见心知其境为一事，至焉与否又为一事，文之欲洁，其难如此。

然则为之之道奈何？曰：凡式之未慊于意者，勿著于篇；凡字之未明其用者，勿厕于句。力戒模糊，鞭辟入里。洞然有见于文境意境，是一是二。如观游涧之鱼，一清见底；如审当檐之蛛，丝络分明；庶乎近之。愚有志乎是，宁云已逮。然文中不著不了之语。命意遣词，所定腕下必遵之律令，不轻滑过。卒尔见质，意在而口不能言其故者甚罕。（自注：可意会不可言传，似是文家遁词。）凡此皆愚粗有心得之处，所愿与同道之士共起追之。是究如何？亦洁字诀而已矣。近闻山阴王书衡（式通）谬称愚文，谓曲而能达，略高时手一等。溢美之言，愚岂敢受！夫曲而能达云者，指凡文中自然结构，一一莹然于胸，周旋折旋，笔随意往，微无弗及，远无弗届者也。此何等造诣，而愚能之？今天下不足是诣也特甚，其亦勉焉耳矣！（《文论》）

他行文主洁，故言期有物，而不支蔓。他立论调和，故理尚执中，而不偏激。他"移用远西词令，隐为控纵"，故他的文章精密、繁复，有点欧化的倾向。其实和他同时的政论家，如黄远庸、李大钊、高一涵、陈独秀、张东荪诸人都是不知不觉的做的这种精密的繁复的倾向欧化的古文。稍后一点，李剑农、杨端六、周览诸人在《太平洋杂志》里做的文章都还如此。再后一点，他们就大家都用白话作文了。只有章士钊反对白话文，还是不变从前的文体。他还很自傲的说："愚掉鞅文坛，历二十年，所立体裁，自始未变！"（《甲寅》周刊十五号《反动辨》）记得黄远庸在《甲寅》杂志最后的一期，写信给章士钊说：

......白读《甲寅》，佩恨交集。佩者以今日号称以言论救世者，惟足下能副其实。恨者如远之徒，乃亦列身言论之界，以点辱公等耳！每与同人论议，以为今之作者，当推足下。非惟名理通论，足以抉发隐微，生人哀感，即其文体组织，符于论理，亦足为一大改革家。......鄙人溷迹京尘，堕落达于极地。辛以图穷匕见，亦不能不遁出于此咫尺之外。现卜居于沪，拟二三月已后，赴美游历，期以恢复人类之价值于一二。盖世事都无可谈，即有所陈，……犹之南北极人之相去,而乃互道寒暄,究其相去之度若何?此两极人皆不能自喻,故费辞耗时,甚无谓也。……远本无术学,滥厕士林。虽自问生平并无表见,然即其奔随士大夫之后,雷同而附和,所作种种政谈,至今无一不为忏悔材料。……愚见以为居今论政,实不知从何处说起。《洪范九畴》,亦只能明夷待访。……至根本救济,远意当从提倡新文学入手。综之当使吾辈思潮,如何能与现代思潮相接触,而促其猛省。而其要须与一般之人生出交涉。法须以浅近文艺,普遍四周。史家以文艺复兴为中世纪改革之根本,足下当能语其消息盈虚之理也。……

他这封信里有两个重要之点。第一,他不愿论政了,忏悔以前论政的罪过。这时正是帝制说发生,舆论鼎沸的时候,他忽然离开北京,声言不谈政治,跑到美洲,是否别有意义在他明白表示之外?局外人不得而知。但实在讲起来,论政非必罪过。不过那时候袁世凯预备做皇帝,筹安会正在筹什么安,论政的文章只有杨度的《君宪救国论》、古德诺的《共和与君主论》最占势力。你便论"民国本计",论"共和政治",论"宪法",论"理想之制度与联邦",只要与当时帝制说相反,与复古潮流相违背,谁还理会到你?第二,他以为论政既没有用处,根本救济在提倡新文学,以浅近文艺普遍四周;在介绍现代思潮,以促国人猛省。他已知道要做到政治改革,非先做到文学改革、思想改革,与一般人生出交涉不为功。但是章士钊答他的信,却以为先要做到政治差良,然后才能谈到文艺改革。所以他说:

……提倡新文学,自是根本救济之法。然必其国政治差良,其度不在水平线下,而后有社会之事可言。文艺其一端也。欧洲文事之兴,无不与政事并进。古初大地云扰,枭雄窃发,蹂躏黉舍,僇辱儒冠。幸其时政与教离,教能独立。而文人艺士,往依教宗。大院宏祠,变为学圃。欧洲古文学之不亡,盖食宗教之赐多也。而我胡望者?以知非明政事,使与民间事业相容,即莎士比、嚣俄复生,亦将莫奏其技矣!

黄远庸还于《国民之公毒》《朱芷青徵赙序》《消极之乐观》各文里面,偶然表示他对于文学的意见——攻击旧文学。可惜不久他到了美国被人暗杀了,不及见到后来发生的文学革命,思想革命。章士钊虽然见到了,却依然是和从前一样的章士钊!

综观这个时期文言的散文之变迁,由古文以至新文体,其间演变的趋势,有几点值得吾人注意的,我以为是——

一、求实用去空谈。崇实黜虚,确是这个时期文学变迁上一个重要的倾向。例如叶德辉说的由时文(八股文)而策论,而时务报文(《郋园书札》《与刘先端黄郁文两生书》),这种文体上的变迁固然可说是步步求实用,去空谈;即如罗家伦说的,由华夷文学,而策士文学,而逻辑文学(《近代中国文学思想之变迁》),这种文学思想上的变迁,又何尝不是步步求实用,去空谈?至于胡适,则直以为这二十多年古文学的变化史:一严复、林纾的翻译的文章,二谭嗣同、梁启超一派的议论的文章,三章炳麟的述学的文章;四章士钊一派的政论的文章,这四派都是应用的古文。这一段古文学的勉强求应用的历史,乃是新旧文学过渡时代不能免的一个阶段。为文既注重实际的应用,从此文学必如何改革而后最能适合时代的实际需要,就成了一个最重要的问题了。

二、文体的解放。由八股文里解放出来，由古文里解放出来，才形成了新文体。这种新文体是把一切从来文学上的所谓"宗派""义法""戒律"……统统打得粉碎了。便是《翼教丛编》里的叶德辉，也只得徒然慨叹一番："……日中则昃，月盈则蚀，……有戴、段、毕、阮之实事求是，而后有新学之猖狂；有桐城、湘乡文派之格律谨严，而后有今日《时务报》文之藩篱溃决！"（《与邵阳石醉六书》）

三、文字渐渐通俗化。章炳麟说："有通俗之言，有学术之言，此学说与常语不能不分之由。"又说："有农牧之言，有士大夫之言，此文言与鄙语不能不分之由。"（《正名杂义》）刘师培说："近日文词，宜区二派。一修俗语以启瀹齐民。一用古文以保存国学。"（《论文杂记》）章、刘两人自己虽在做古雅的文章，但他们已知道他们那种文章只是士大夫的文章，保存国学的文章，少数人需要的文章，除了他们那种文章之外，须另有所谓"农牧""齐民"大多数人需要的，通俗的文章。这个时期的新文体，虽还不能即作为农牧齐民大多数人需要的文章，但它趋向于显豁易解，不避俗语，已使语言文字二者间距离日益接近，这是显然的事实。从此这种新文体，学校教本讲义用它，新闻报纸用它，公私文书用它，应用的范围最广，只因为它是比较最能通俗的了。

四、文法的讲求。二三十年来，属于所谓新文体的文章，类皆文理缜密，迥异前人。这是因为中外学术的接触，知识思想日益进步；同时对于逻辑的研究，文法的讲求，都有相当的进步的缘故。自马建忠作《马氏文通》直到杨树达作《词诠》，国内先后所出关于文法语法的书已有好几十种了。

上面所述的几种趋势，固然还只算得如胡适所说的"古文范围以内的革新",但有了这种革新运动,给后来的白话文学运动作为先驱,我以为这一步工夫也是不可少的。因此我们不必菲薄这种古文家。即如章士钊在古文范围以内的革新运动中,何尝没有重要的贡献?可是他把自己所已得的为满足,不能如梁启超、李剑农诸人一样肯随时代而前进,反而要为前进者的障碍,我们只好慨叹于他所表现的"崛强"了!

# 六 词曲的提倡和小说的发展（上）

小说词曲一向被人鄙视为小道、末技，在文学之国里，仅仅各得列于附庸的地位。但在最近二三十年之内，小说词曲的价值已经渐渐被人认识，其于文学上的位置也就渐渐要由附庸蔚为大国了！

现在先说词曲。

从前未尝没有人知道三百篇变而为古诗，古诗变而为近体，近体变而为词，词变而为曲。可是总少有人肯把词曲的位置看高，还给他相当的价值。词叫诗余，名义较尊；曲属俳优，更遭鄙视。元曲确是代表一个时代精神的文艺，但在《元史》里面却没有曲家的传，也不曾提及曲。到了前清乾隆时候，纪昀等奉敕纂修《四库全书》，他们才把词曲类著录，殿于集部之末。还是要说："词曲二体，在文章技艺之间，厥品颇卑，作者弗贵。特才华之士，以绮语相高耳。"又说："……究厥渊源，实亦乐府之余音，风人之末派。其于文苑，同属附庸，亦未可全斥为俳优也。"他们又以为明人王圻《续文献通考》，以《西厢记》《琵琶记》俱入经籍类中，全失论撰之体裁，不可为训。所以《四库全书》里面，于词虽则列为五类——别集、总集、词话、词谱、词韵；于曲则仅列品题论断之词，及《中原音韵》，曲文完全不录。不过同时还有黄文旸等编纂《曲海》，焦循也肯抽其一部分考经证史的工夫博览词曲，作《剧说》六卷，搜集了前人论剧的材料不少。戏曲从这个时候起，才算渐

- 093 -

渐取得学术上的地位。

最近二三十年研究中国旧戏曲的人就较多了。就中所得成绩较大的，当推王国维和吴梅两人。

吴梅（瞿安）曾为北京大学、东南大学词曲教授。所著有《顾曲麈谈》（见《文艺丛刊》甲集，商务印书馆出版）、《古今名剧选》、《词余讲义》（均北京大学铅印本）及《奢摩他室曲丛》等书。他是一个搜集古代传奇杂剧最多的收藏家，他是现代惟一的旧戏曲作者。尝谱《无价宝》杂剧，系为祝秉纲属题黄丕烈《鱼玄机诗思图》而作。一时题词者，有叶德辉、朱祖谋、曹元忠、罗悖曧诸人，传为艺林佳话。他还曾为陈去病题徐寄尘女史《西泠悲秋图》，图为悲秋瑾而作。他用《越调·小桃红》一套，其中《下山虎》一曲，是从来曲家公认难于下手的。《幽闺记·下山虎》原文云：

大人家体面，委实多般，有眼何曾见。懒能向前，他那里弄盏传杯，恁般腼腆，这里新人忒煞度。待推怎地展？主婚人不见怜，配合夫妻事，事非偶然。好恶因缘总在天。

曲中"懒能向前"句，"待推怎地展"句，"事非偶然"句，四声一字不可移易，这种规律真是太严太难了。吴氏词云：

半林夕照，照上峰腰。小冢冬青少，有柳丝数条，记麦饭香醪。清明拜扫，怎三尺孤坟也守不牢！这冤怎样了。土中人血泪抛，满地红心草。断魂可招，你敢也侠气英风在这遭。

他这曲子自认作得又精炼，又自然。他自己曾说："以较原文，似乎青出于蓝，可见天下无难事。"不错，作曲切不可畏其难，愈难愈容易好。曲律虽严，亦有可以通融之处。他曾屡屡以此宣示人们了。

王国维字静安，号观堂，浙江海宁人。生于一八七七，死于一九二七。系于五月初三日，自沉于北京颐和园昆明湖而死。（此时正值国民革命军北伐，山东、河南一带鏖战极烈的时候。他的《遗书云》："五十之年，只欠一死。经此世变，义无再辱。"他宣布自沉的原因不过如此。清废帝却为他特下哀诏，予谥忠悫，派贝子溥忻前往奠醊，赏给陀罗经被，并赏银二千元治丧，说是："孤忠耿耿，深恻朕怀！"）有人说他是文学革命的先驱者，有人说他是近代中国一个最重要的文艺批评家。但他在文学上最大的贡献，乃在关于词曲的研究一方面。他自述所以研究戏曲的原因说："余所以有志于戏曲者又自有故。吾中国文学之最不振者莫若戏曲。元之杂剧，明之传奇，存于今日者，尚以百数。其中之文字虽有佳者，然其理想及结构，虽欲不谓之至幼稚，至拙劣，不可得也。国朝之作者虽略有进步，然比诸西洋之名剧，相去尚不能以道理计，此余所以自忘其不敏，而独志乎是也。"（《三十自序》）他著有《曲录》六卷、《戏曲考源》一卷，均见《晨风阁丛书》）；《宋大曲考》一卷、《优语录》二卷、《录曲余谈》一卷，均见《国粹学报》；《古剧脚色考》一卷，见《国学丛刊》；《曲调源流》表一卷，见《雪堂丛书》；《宋元戏曲史》十六章，见《文艺丛刊甲集》。其中以最后一种为他精心结构之作。《自序》云："往者读元人杂剧而善之，以为能道人情，状物态。词采俊拔，而出乎自然。盖古所未有，而后人所不能仿佛也。辄思究其渊源，明其变化之迹，以为非求诸唐、宋、辽、金之文学，弗能得也。……从事既久，续有所得。……壬子岁末，旅居多暇。乃以三月之力写为此书。凡诸材料，皆余所搜集。其所说明，亦大抵余之所创获也。世之为此学者自余始。其所贡于此学者，亦以此书为多。非吾辈才力过于古人，实以古人未尝为此学故也。"他说世之为此学者自余始，不错，这部书是一部前无古人的创作。而且戏曲被视为一种正式的专门学问，而加以研究，也似乎才从这个时候开始。

王国维于词学亦极有研究。他的《人间词话》虽是一部寥寥不过四千多字的小书，可是"此中所蓄，几全是深辨甘苦，惬心贵当之言，固非胸罗万卷者不能道。……书中所暗示的端绪，如引而申之，正可成一庞然巨帙"，有如俞平伯所评（《重印〈人间词话〉序》）他论词揭橥"境界"说。他以为严羽的"兴趣"说，王士禛的"神韵"说，还不过说其面目，不若他拈出"境界"二字为探其本源。他说："境非独景物也，喜怒哀乐亦人心中之一境界。故能写真景物真感情者，谓之有境界。否则谓之无境界。"他以为："有造境，有写境，此理想与写实二派之所由分。然二者颇难分别，因大诗人所造之境必合乎自然，所写之境亦必邻于理想故也。"又以为："有有我之境，有无我之境。有我之境，以我观物，故物皆著我之色彩。无我之境，以物观物，故不知何者为我，何者为物。""无我之境，人惟于静中得之。有我之境，于由动之静时得之。故一优美，一宏壮也。"他又论词有隔不隔之说，以为："其言情也必沁人心脾，其写景也必豁人耳目。其辞脱口而出，无矫揉妆束之态。"必如此，才可以说是不隔。他论诗人与宇宙人生的关系，亦很重要。他说："诗人对于宇宙人生，须入乎其内，又须出乎其外。入乎其内，故能写之；出乎其外，故能观之。入乎其内，故有生气；出乎其外，故有高致。"又说："客观之诗人不可不多阅世。阅世愈深，则材料愈丰富，愈变化，《水浒传》《红楼梦》之作者是也。主观之诗人不必多阅世。阅世愈浅，则性情愈真，李后主是也。"以上所言，都是他论词的精义所在。其他"明珠翠羽，俯拾即是，莫非瑰宝"，让读者自己去掇拾罢。

王国维自己创作的词不多，有《人间词》甲乙稿，后改为《苕华词》，并加入新作。外辑有《唐五代二十一家词辑》，尚未印行。他于同时词人似乎都不在眼，于有清一代词人，独推纳兰性德，自述"虽所作不及百阕，然自南宋以来，除一二人外，尚未有能及者"。你可以知道他是如何的自负了！樊志厚《人间词甲稿·序》云："夫自南宋以后，斯道之不振久矣。元、明及国初诸老，非无警句也，然不免乎局促者，气困于雕琢也。嘉、道以后之词，非不谐美也，然无救于浅薄者，意竭于摹拟也。君之于词，于五代喜李后主、冯正中。于北宋喜永叔、子瞻、少游、美成。于南宋除稼轩、白石外，所嗜盖鲜矣。尤痛诋梦窗、玉田。谓梦窗砌字，玉田垒句，一雕琢，一敷衍，其病不同，而同归于浅薄。六百年词之不振，实自此始。其持论如此。及读君自为词，则诚往复幽咽，动摇人心。快而能沈，直而能曲。不屑屑于言词之末，而名句间出，殆往往度越前人。至其言近而旨远，意决而辞婉，自永叔以后，殆未有工于君者也。"又《人间词乙稿·序》云："静庵之为词，真能以意境胜。夫古今人词之以意胜者莫若欧阳公，以境胜者莫若秦少游。至意境两浑，则唯太白、后主、正中数人足以当之。静庵之词，大抵意深于欧，而境次于秦。至其合作，如《甲稿·浣溪沙》之'天末同云'，《蝶恋花》之'昨夜梦中'，《乙稿·蝶恋花》之'百尺朱楼'等阕，皆意境两忘，物我一体，高蹈乎八荒之表，而抗心乎千秋之间。骎骎乎两汉之疆域广于三代，贞观之政治隆于武德矣。"这两篇序都很推崇他，或说这两篇序系他自撰，不过假名于樊。我以为不见得他会如此标榜自己罢！他的词以《蝶恋花》《浣溪沙》两调为多。我最爱他这两首。

### 蝶恋花

阅尽天涯离别苦，不道归来，零落花如许。花底相看无一语，绿窗春与天俱暮。　待把相思灯下诉，一缕新欢，旧憾千千缕。最是人间留不住，朱颜辞镜花辞树。

### 浣溪沙

月底栖鸦当叶看，推窗跕跕堕枝间。霜高风定独凭栏。　为制新词髭尽断，偶听悲剧泪无端。可怜衣带为谁宽！

现在再举樊志厚序中所称他的"合作"。

### 浣溪沙

天末同云黯四垂，失行孤雁逆风飞。江湖寥落尔安归！　陌上挟丸公子笑，座中调醯丽人嬉，今宵欢宴胜平时。

### 蝶恋花

昨夜梦中多少憾：细马香车，两两行相近。对面似怜人瘦损，众中不惜搴帷问。　陌上轻雷听渐隐，梦里难从，觉后那堪讯。蜡泪窗前堆一寸，人间只有相思分。

### 又

百尺朱楼临大道，楼外轻雷，不问昏和晓。独倚栏干人窈窕,闲中数尽行人小。　　一霎车尘生树杪,陌上楼头,都向尘中老。薄晚西风吹雨到,明朝又是伤流潦。

这几首词自然可以说是他的"合作"。至于是否果如樊序所说"意境两忘,物我一体,高蹈乎八荒之表,而抗心乎千秋之间",只好待各个读者自己去赏鉴好了。

这个时期著名的词人不少。如汪国垣《光宣诗坛点将录》所列四寨水军头领八员——朱祖谋、王鹏运、郑文焯、冯煦、文廷式、况周颐、王允皙、潘博都是。此外尚有赵熙、程颂万、曹元忠诸人。就中以王鹏运死得最早（一八四九——一九〇四）,词名最大。自谭献死后（一八三二——一九〇一）,他隐然为词坛盟主。他提倡词学,宏奖后进。朱祖谋、况周颐都受他的影响最深。

王氏字幼遐,号半塘。自号半塘老人,晚号鹜翁。广西临桂人。官至御史。据说:"直谏垣十年,疏数十上。大都关系政要。……时艰日亟,愤懑滋甚。……内性淳笃,接物和易。能为晋人清谈,东方滑稽。往往一言隽永,令人三日思不能置。甫通朝籍,即不谐时论。致身言路,敢于抨击权强。夙不慊于津要,恶之者复百计中伤之。卒坎壈于仕途。……微尚萧远。书卷而外,嗜金石书画,亦不为意必。惟精研词学,生平悃款抑塞,一寄托乎是。"（况周颐《王鹏运传》）朱祖谋云:"君天性和易,而多忧戚,若别有不堪者。既任京秩,久而得御史。抗疏言事,直声震内外。然卒以不得志去位。其遇厄穷,其才未尽厥施,故郁伊不聊之概,一于词陶写之。"（《半塘定稿叙》）王鹏运的性格、境遇,及其所以为词,大概如此。所著有《半塘定藁》二卷、《半塘剩稿》一卷、《鹜翁集》一卷、《春蛰吟》一卷、《味梨集》一卷、《庚子秋词》二卷,和其他几种。还辑有《四印斋所刻词》,共收南唐以来词十家,二十九卷,附录七卷。其中《东坡乐府》二卷,系元延祐云间本,《稼轩长短句》十二卷,系元大德广信本,都很珍贵。他好苏、辛词。他的词受苏、辛的影响不小。我尝以为他一生坎坷,饱谙世味。又值晚清秕政,觊闵既多,受侮不少。故发而为词,苍凉慷慨,颇有才士不平,壮夫扼腕之意。虽然有时也好用替代字,好掉书袋,像同时旁的词家一样,但他的魄力较大,很能运用他的天才,无怪乎近三十年的词人都很推崇他了。

朱祖谋字古微,号疆村。浙江归安人。官礼部侍郎。所著有《疆村乐府》《疆村语业》各种。又辑有《疆村丛书》,其中共收唐、五代、宋、金、元词总集五种,唐词别集一家,宋词别集一百二十家,金词别集五家,元词别集五十家。此书搜罗极博,校刻极精,为词的最大结集。沈曾植云:"昔者吾友鹜翁王给谏以直言名天下。顾其闲暇好为词,词多且工。复校刻其所得善本于京师,以诏后进。方是时,疆村相与唱和,志相得,若钟吕之相宣,前后唱于,而曲直归分也。鹜翁取义于周氏,而取谱于万氏。疆村精识分铢。本万氏而益加博究。上去阴阳,矢口平亭,不假检本。同人惮焉,谓之'律博士'。盖校词之举,鹜翁造其端,而疆村竟其事。志益博而智专,心益勤而业广。……轶海虞而比数长沙,哀然于词苑为第三结集,可谓富欤?"(《疆村校词图序》)沈氏以为词起五代,历三百余年而有长沙汇刻;(《直斋书录解题》《笑笑词》下云:自南唐二主以下,皆长沙书坊所刻,号《百家词》。)又历四百余年而有海虞毛氏之刻;又三百年而后有朱氏之校刻,所以有轶海虞而比数长沙的话。朱氏自己所作的词,守律极严,真不愧为律博士!他是梦窗嫡派。王鹏运推他为六百年来,独得梦窗神髓。

但是也有人说他中梦窗派的毒太深!

况周颐字夔笙,广西临桂人。光绪己卯举人。生于一八五九,死于一九二六(民国十五年)所著词有《第一生修梅华馆词》五种,附录一种。《蕙风词话》五卷,及其他几种。他学词以王鹏运、朱祖谋为师友。我以为他在这三十年词人中可占一个重要的位置,却不一定在他创作的词,而在他的研究词学。他正式宣告词学独立,脱离诗国的附庸。他说:

> 沈约《宋书》曰:"吴歌杂曲,始皆徒歌,既而被之弦管。又有因弦管金石,作歌以被之。"按前一法即虞廷依永之遗。后一法当起于周末。宋玉《对楚王问》,首言客有歌于郢中者,下云其为《阳阿》《薤露》,其为《阳春》《白雪》,皆曲名,是先有曲而后有歌也。填词家自度曲,率意为长短句,而后协之以律,此前一法也。前人本有此调,后人按腔填词,此后一法也。沿流溯源,与休文之说相应。歌曲之作,若枝叶始孳,乃至于词,则芳华益楙。词之为道,智者之事。酌剂乎阴阳,陶写乎性情。自有元音,上通雅乐。别黑白而定一尊,亘古今而不敝矣。唐、宋已还,大雅鸿达,笃好而媷精之,谓之"词学"。独造之诣,非有所附丽,若为骈枝也。曲士以"诗余"名词,岂通论哉!

他反对把词叫做"诗余",说是词系诗之剩余。但词名"诗余",已经算是"约定俗成"了,他只好新诂"诗余"的意义。他说:

> 诗余之余，作赢余之余解。唐人朝成一诗，夕付管弦。往往声希节促，则加入和声。凡和声皆以实字填之，遂成为词。词之情文节奏并皆有余于诗，故曰"诗余"。世俗之说，若以词为诗之剩义，则误解此余字矣！

他从词的渊源找出词的意义和价值。他重新认定词的位置——在文学上有独立的位置。这是他在词学史上的一大功劳。

他论作词有三要，重，拙，大。重是不轻，拙是不巧，大是不纤。他论词贵真。以为真字是词骨，情真景真，所作必佳，且易脱稿，又以为词贵自然。他说："填词之难，造句要自然，又要未经前人说过，自唐、五代已还，名作如林，那有天然好句留待我辈驱遣？必欲得之，其道有二：曰性灵流露，曰书卷酝酿。性灵关天分，书卷关学力。学力果充，虽天分稍逊，必有资深逢源之一日，书卷不负人也。"这都是很重要的见解。现在再介绍他的"词境"说和"词心"说。

> 人静帘垂，镫昏香直。窗外芙蓉残叶，飒飒作秋声，与砌虫相和答。据梧瞑坐，湛怀息机。每一念起，辄设理想排遣之，乃至万缘俱寂。吾心忽莹然开朗如满月，肌骨清凉，不知斯世何世也。斯时若有无端哀怨，怅怏于万不得已。即而察之，一切境象全失，唯有小窗虚幌，笔床砚匣，一一在吾目前。此"词境"也。
>
> 吾听风雨，吾览江山，常觉风雨江山外有万不得已者在。此万不得已者，即"词心"也。而能以吾言写吾心，即吾词也。此万不得已者由吾心酝酿而出，即吾词之真也。非可强为，亦无庸强求，视吾心之酝酿何如耳。吾心为主，而书卷其辅也。书卷多，吾言尤易出耳。

这都可以算是过去社会老派词人甘苦有得，惬心当理之言。我以为《蕙风词话》的历史价值，殊不在《人间词话》之下！

这个时期词曲史的重要，不在一般文人创作词曲的成绩，乃在一般词曲学家对于词曲的研究和提倡，词曲在文学上的位置重新估定——渐由文苑的附庸取得独立的地位。词曲的价值益被人认识了，研究词曲的人也愈多了。同时搜集，翻印古代词曲的人也日见其努力。（如贵池刘世珩翻刻的《暖红室汇刻传奇》《赐书台汇订曲谱》，武进董康印行的《盛明杂剧》《杂剧十段锦》，书贾印行的有《元曲选》《元曲大观》，仁和吴昌绶校刻的《双照楼宋金元明词四十种》，以及前举王、朱诸家所刻的词，都是词曲上可贵的材料。有些绝少流传的本子，现在都成了通行本了，只是有的定价太贵。）到了文学革命运动起来以后，新进研究词曲的人似乎要转到一个新的方向。他们这种研究工作的目的，不是为的保存什么国粹，也不一定为的特别欣赏这种艺术，乃是研究词曲在韵文上的变迁，及其使用活的语言之技术，为创造新的诗歌新的戏曲一种有力的参考。因此，有些从事戏剧运动的人，以为要创造中国歌剧，应以现有京剧乃至昆剧元杂剧为根据，寻觅其没落的径路，开发其原有或应有之精神，对于其形式施以改造，使它能够多量吸收新的要素。田汉氏便是如此主张。也有些新诗人的作品，在韵律方面，甚至意境方面，都想受词曲上一点有益的影响。如胡适氏研究词曲，他的新诗也就有些词调了。这便是一个好例。

## 七　词曲的提倡和小说的发展（下）

"小说九百，本自虞初。"虞初为汉武帝时候的方士。倘若他的《周说》九百四十三篇，有合于现在所谓小说的条件，那末，中国的小说算有两千多年的可靠的历史了。《汉书·艺文志》以为小说家者流，盖出于稗官，把小说家列于十家之末，著录者凡十五家，千三百八十篇。这是小说最初取得学术上的地位。不过两千年来学术界的看小说，总是沿用班固的眼光，看作"稗官""小道"。直到最近二三十年来一般人看小说，才另换了一副新眼光，小说才给人家瞧得起。便是最被人家侮辱的"下等小说"，如大鼓、宝卷、俚曲、小调之类，也值得大学里的专门研究。小说史上开展了一个新的时期。小说在这个时期真是大大的发展起来了。这可以分作几方面来说：

一、"小说界革命"——首先喊出"小说界革命"这一个严重口号的人为梁启超。他作《论小说与群治之关系》，以为"今日欲改良群治，必自小说界革命始。欲新民，必自新小说始。""故欲新道德，必先小说；欲新宗教，必新小说；欲新政治，必新小说；欲新风俗，必新小说；欲新学艺，必新小说。乃至欲新人心，必新小说；欲新人格，必新小说，何以故？小说有不可思议之力支配人道故。"同时他还主撰《新小说》，每月出版一册，于日本横滨发行。"小说为文学之最上乘"，这句话由他说起来了。他们宣布的宗旨，说是"务以振国民精神，开国民智识，非前此海谣海盗诸作可比"。这显然还含有政治上的意味。梁氏自作的《新中国未来记》，固是一种不完整的政治小说，梁氏作的《译印政治小说序》，也是他揭橥"小说界革命"的另一宣言。想借小说鼓吹政治思想，成了那时小说界的一种重要的倾向。独立宪派刊物上的小说如此，革命派刊物上的小说何独不然？稍后一点，林纾翻译西洋小说，还是常常于其小说序中发挥他那种老新党的爱国思想，政治主张。这是满清末年，因帝国主义势力的侵入，君主专制的政治局面不能继续支持，爱新觉罗氏的国祚快要告终的一种朕兆。

二、小说的创作和翻译——林纾的翻译小说，这在上面已经说过了。这里要说到伍光建（昭扆）的翻译。他先后译有 A. Dumas 的《侠隐记》《续侠隐记》，Niccolo, Machiavelli 的《羁术》，E. C. Gaskell 的《克兰佛》，C. Dickens 的《劳苦世界》，H. Fielding 的《大伟人威立特传》等种。最初他用笔名君朔，读者多不知道他的真姓名。胡适说："中国人能读西洋文学书，已近六十年了，然名著译出的，至今还不满二百种。其中绝大部分不出于能直接读西洋书之人，乃出于不通外国文的林琴南，真是绝可怪诧的事！近三十年来，能读英国文学的人更多了，然英国名著至今无人敢译，还得让一位老辈伍昭扆先生出来翻译克兰弗，这也是我们英美留学生后辈的一件大耻辱。英国文学名著，上自 Chaucer，下至 Hardy，可算是完全不曾有译本。莎翁戏剧，至今止译出一二种，也出于不曾留学英、美的人。近年以名手译名著，止有伍先生译的《克兰弗》，与徐志摩译的《赣第德》两种。故西洋文学书的翻译，此事在今日直可说是未曾开始！……近几十年中译小说的人，我以为伍昭扆先生最不可及。他译大仲马的《侠隐记》十二册（从英文译本的），用的白话最流畅明白，于原文最精警之句，他皆用气力炼字炼字，谨严而不失为好文章。故我最佩服他。"（致《曾孟朴先生》书,《真美善杂志》第一卷第十二期。)读此,我们可以略知伍光建的翻译文学的成绩了。还有鲁迅、周作人的翻译小说,从最初的《域外小说集》起,直到最近翻译的欧、美、日本小说,也很重要。至于这几年来才动手翻译外国小说的人更多了,创作小说的人也更多了,这是文学革命运动起来以后的一种现象。这里暂不叙述。往下要说的,只是文学革命运动以前二十年间的小说作品。

这个时期的小说作家如林。要是如罗家伦所说,分为三派,第一是黑幕派,第二是滥调四六派,第三是笔记派。(内容可分四支:一支是言情的,一支是神怪的,一支是技击的,一支是轶事的。)这么严格说起来,这些作品大都缺乏文学上的价值,故殊不重要。(《今日中国之小说界》,《新潮》第一卷第一号。)若是如胡适所云:"吾每谓今日之文学,其足与世界'第一流'文学比较而无愧色者,独有白话小说(我佛山人、南亭亭长、洪都百炼生三人而已)一项。此无他故,以此种小说皆不事摹仿古人(三人皆得力《儒林外史》《水浒》《石头记》,然非摹仿之作也。),而惟实写今日社会之情况,故能成真正文学。其他学这个学那个之诗古文家,皆无文学之价值也。"(《文学改良刍议》)那末,那几部"实写今日社会之情况",可以看作《儒林外史》式的"讽刺小说",就算得这个时期很重要的文学作品了。不错,这些作品的重要,正在它颇能"实写今日社会之情状",颇能显示这个时代的暗淡的阴影。原来这个时代从甲午之役,中经戊戌政变,庚子八国联军之役,满清政府的腐败、黑暗,暴露得无遗了。这样的政府何能应付帝国主义列强的侵略?一般不识不知的老百姓,还只知道"官怕洋人,洋人怕百姓,百姓怕官"。有识之士,激进一点就倡革命排满,缓进一点就要求立宪图强,所走的路线不同,对于当时政治的现状不满意,则无二致。有几部《儒林外史》式的讽刺小说,便于这样的时代情况之下产生。好像时代稍前一点,金和做的"讽刺诗",是因为"在诸公有是韬钤,斯吾辈有此笔墨,其尘秽略相等"一样,都自有其时代背景。不过这种小说,对于政治社会,务在揭发幽隐,指摘弊恶,往往容易过火,近于徒逞私见骂人,不能保持公心讽世的态度。所以鲁迅把这种小说叫做"谴责小说",以别于讽刺小说之《儒林外史》(《中国小说史略·清末之谴责小说》)。现在把这种小说几个重要的作家略述于次。

李宝嘉字伯元,江苏上元人,别号南亭亭长。生于一八六七,死于一九〇六。曾居上海,办有《指南报》《游戏报》《海上繁华报》,为上海的小报之始倡者。吴沃尧说他的小说"以开智谲谏为宗旨。忧夫妇孺之梦梦不知时事也,撰为《庚子国变弹词》;恶夫仕途之鬼蜮百出也,撰为《官场现形记》;慨夫社会之同流合污不知进化也,撰为《中国现在记》,及《文明小史》《活地狱》等书"(《李伯元传》)。他的小说以《官场现形记》为最有名。全书共六十回,联缀许多官场话柄而成,人多事多,若断若续,对于当时腐化的官僚,痛加谴责,把他们比做仇雠,比做盗贼,甚至比做畜生,不齿于人类。我曾说过:清代的官僚最为腐败,卑鄙,贪污,颠顸,凶狠,无所不用其极。有几次民间的骚乱,都可以说是"官逼民反"。到了末叶,外交著著失败,政治依然黑暗。国家的忧患日亟,官僚的腐败愈甚,捐官卖缺的风气盛行。《官场现形记》便是代表这样官治之下的民间口碑!作者的一篇自叙,便是他对于这种官治的德政颂!倘若我们说是:《水浒传》所写的是专制政治下的所谓贫民阶级,盗贼社会;《儒林外史》所写的是科举制度下的所谓智识阶级,文人社会;都可以看作社会史料。那末,《官场现形记》也是一部最好的社会史料，它所写的却是那时最下流的上流社会——官场。它所写的官场现象，正是满清的亡国现象。"国家之败，由官邪也"，这句古话，颇含有几分真理。

吴沃尧字小允，又字茧人，一作趼人。别署茧暗，或趼廛。广东南海人。生长佛山镇，因自号我佛山人。生于一八六七，死于一九一〇。性倜傥豪放，不可羁勒。曾客居山东，游历日本，都不当意。最后寓居上海。曾主撰《月月小说》。所作小说，有《电术奇谈》《二十年目睹之怪现状》《九命奇冤》《恨海》《近十年之怪现状》等种。其中以《二十年目睹之怪现状》一书最为人所称道，最初曾载于梁启超主撰的《新小说》上面。全书共一百〇八回，以自号九死一生者为主人公。为什么叫做九死一生呢？本书第二回里面有一段解释道："我是好好的一个人，生平并未遭遇大风波，大险阻，又没有人出十万两银子的赏格来捉我，何以将自己好好的姓名来隐了，另外叫做什么九死一生呢？只因我出来应世的二十年，回头想来，所遇的只有三种东西。第一种是蛇虫鼠蚁，第二种是豺狼虎豹，第三种是魑魅魍魉。廿年之久，在此中过来，未曾被第一种所蚀，未曾被第二种所啖，未曾被第三种所攫，居然都避了过去，还不算九死一生吗？所以我这个名字，也算是我自家的纪念。"这可以看出作者所抱的谴责的态度。书中历叙二十年中所见所闻社会间种种怪状，上自朝廷士大夫，下至贩夫走卒娼优，无不收罗，体制大致与《官场现形记》相仿佛。

吴沃尧和李宝嘉为朋友，都以寓居上海做小说著名，为海上小说家之最初有名者。他们的小说既都好讥弹时政，攻评社会，机锋所指，大快人心。一时仿效他们的作品甚多。不过大都如鲁迅所云："徒作谯诃之文，转无感人之力，其下者，乃至丑诋私敌，等于谤书；又或有嫚骂之志，而无抒写之才，则遂堕落而为'黑幕小说'。"如《中国黑幕大观》《北京黑幕大观》《上海黑幕新编》之类，就径直用"黑幕"做书名了。其他用"现形"或"怪现状"做书名的以及同性质的书还很多。这类黑幕式的小说，肇端于光宣之交，盛行于袁皇帝时代。民国四年，《时事新报》登广告，征求"中国黑幕"。由讽刺小说变为谴责小说，出于时势要求；由谴责小说堕落而为黑幕小说，也是时势使然。原来辛亥革命本不彻底，所谓"革命军起，革命党消"。清廷遗留下来的腐败分子——老官僚，北洋军阀，重叠了政治的舞台。袁世凯正是这些腐败分子的代表者。他虽在做民国的总统，但他一切政治的设施，则在重建帝国，自己做大皇帝。他不但不肯建设新社会，新国家，还在拼命地提倡旧思想，维持旧社会，一心一意地复古。压抑民气，箝制舆论，使人敢怒而不敢言。黑幕小说便于这个时候盛行一时。因为这种东西可以说是旧思想的结晶，在旧社会中才有此产物；同时又是造谤泄愤，或是暗地里指摘时政的一个妙法；又可把它作为消闲或卖钱的生活；所以某某黑幕大观，某某趣史，某某外史，某某之秘密，以及各种同性质的作品都出来了。民国五年，范源廉做教育总长的时候，曾经会同内务部查禁这类小说数十种。他如梁启超的《告小说家》，钱玄同的《答宋云彬论黑幕小说书》（《新青年》六卷一号），周作人的《论黑幕》《再论黑幕》（《新青年》六卷二号），都为这等小说而发。

刘鹗字铁云，江苏丹徒人。精数学。长于治河。为人放荡不守绳墨，却好读书。曾行医于上海，又改而经商，都不得意。一八八八年河决郑州，他以同知投效吴大澂中丞，治河有功。后游北京，上书请修铁道。又请开山西铁矿，事成，人言啧啧，指为"汉奸"。一九〇〇年——庚子之役，京畿大饥。他以贱价买太仓米于俄军，救活北方饥民不少。过了几年，被人举发，政府科以私售仓粟之罪，充军新疆而死。他为近代研究甲骨文字的第一人。所作小说为《老残游记》，署名洪都百炼生。自叙"……《离骚》为屈大夫之哭泣，《庄子》为蒙叟之哭泣，《史记》为太史公之哭泣，《草堂诗集》为杜工部之哭泣。李后主以词哭，八大山人以画哭。王实甫寄哭泣于《西厢》，曹雪芹寄哭泣于《红梦梦》。……吾人生今之时，有身世之感情，有家国之感情，有社会之感情，有种教之感情。其感情愈深者，其哭泣愈痛。此洪都百炼生所以有《老残游记》之作也。棋局将残，吾人将老，欲不哭泣也得乎？……"他想借《老残游记》发抒自己对于身世、家国、社会、种教的感情，就是要代替他由这种种感情而生的哭泣。全书以铁英号老残者为主人公，叙述他游历的见闻言论。其实老残便是作者朦胧的影子。书中写官吏的罪恶，指出清官的可怕，甚于赃官，以为："赃官自知有病，不敢公然为非。清官则自以为不要钱，何所不可，刚愎自用，小则杀人，大则误国。"（第十六回自评）又写玙姑攻击宋儒天理人欲之辩，违反人之本性，真是自欺欺人。这都是很重要的见解。其他写景状物也很有独到的地方：如写大明湖的秋景，黄河冰冻的景象，王小玉唱书的韵味，都可以看出作者描写的技术来。

曾朴字孟朴，江苏常熟人。前清举人。所著小说有《孽海花》，署名爱自由者起发，东亚病夫自述。已成两编，十卷，共二十回。爱自由者系他的友人吴江金天翮，发起此书，自己做过四五回，始由曾朴继续来做。书中以傅彩云为主人公。彩云为苏州名妓，年十三，随姊居上海，大有艳名。恰有吴县洪钧（书中化名金沟）典试江西，因丁忧回籍，路过上海，纳彩云为妾。及洪出使英国，彩云同去，称夫人，大出风头，颇多笑话。

后洪死于北京,彩云仍赴上海为娼,称曹梦兰。因江苏人公檄驱逐,乃转至天津,称赛金花。庚子之役,为联军统帅瓦德西所宠,很有势力。相传北京琉璃厂金石书画店肆未遭联军大蹂躏,系她请于瓦德西保全之力。林纾《京华碧血录》中的西银华,即是赛金花。樊增祥的《彩云曲》《后彩云曲》,也是为她而作。曾朴的《孽海花》,则想借用她为女主人公,做全书的线索,尽量容纳近三十年来的历史,避去正面,专把些有趣的琐闻逸事来烘托出大事的背景。他说:"这书主干的意义,只为我看着这三十年是我中国由旧到新的一个大转关。一方面文化的推移,一方面政治的变动,可惊可喜的现象,都在这一时期飞也似的进行。我就想把这些现象合拢了他的侧影或远景,和相连系的一些细事,收摄在我笔端的摄影机上,叫他自然地一幕一幕的展现,印象上不啻目击了大事的全景一般。"(《〈孽海花〉删改后要说的几句话》)他想用这样的写法去显露时代的真影,自是一种很经济很扼要的文学手段。究竟做到了没有,只好待他全书续成再说罢。

这个时期还有两个用古文作小说的,他们的小说都有值得论及之处。这两个人一为苏曼殊,一为林纾。

林纾所作的小说,有《京华碧血录》《金陵秋》《官场新现形记》几种。《京华碧血录》叙述戊戌政变,庚子拳变的事;《金陵秋》叙述辛亥革命南京方面的事;《官场新现形记》叙述袁世凯称帝和国会议员的事。这种小说以叙述时事为目的。(曾朴的《孽海花》,最初自称为"历史小说",实则亦属此种。)我们可以把它叫做"时事小说"。这种小说,材料是新鲜活泼的史实,采集起来很容易,动手做起来也很容易,但要做成一种算得成功的作品就很难。其间最大的原因,即在小说与历史的性质不同。这正如林纾自己所说:"若无徵实,则不足以供史料；若一味徵实，则自有正史可稽。"他感到这样的一个困难，所以他作这种小说，总是以一个虚构的人物的爱情及其遭遇为全书的脉络。他以为"如此离奇之世局，若不借一人为贯串而下，则有目无纲，非稗官体也"。不仅他的《京华碧血录》如此，《金陵秋》《官场新现形记》亦如此。不过他的这种写法，结果不算成功。因为号为贯串全书的主人公，有时差不多全与所叙的时事无关。《京华碧血录》共五十三章，系以郏仲光与刘梅儿的爱情及其遭遇为脉络，今录其第二十一章于此。

　　松筠庵住僧慧月者，颇解事，恒与仲光论徐鸿儒，仲光异之，顾不欲常过街市，令慧月出侦贼状。团匪奉济颠，济颠缁流也，故亦不戮僧众。又有所谓海乾和尚者，亦髡徒，慧月每过神坛，咸强其顶札。匪中定制，凡捕得疑似者，趣拜坛下，大师兄为之楚青词，纸灰腾起，则无罪，否则立斩。城中设坛者无虑数百处。愚民舆粟辇钱以奉团匪。或投身入籍者，大师兄叉手于胸，授以红巾裹头，聚四五人闭目凝立。大师兄禹步称神附体，即吐沫变色，骧突作势，力尽始已。然一日不过再练而已，筋力已疲，或有恹恹不能自举其躯者。而老团则言日可四五练，顾亦未见，殆謺言耳。匪徒日握刃扬茅，举大蠹，整队过市。而西人已敛避，不欲与犯。独东洋人不之恤。有杉山久政者，日本书记也，野行过永定门外。团匪曰："是大毛子，可杀也！"顾骛笨不灵，一人趋而拥抱其腰膂，众争以拳石击之。杉山能柔术，力与撑拒，然匪来益众，杉山遂死。匪以为诛得洋人矣，称贺跳叫，如胜大敌，长歌入城。是夜张德成入都，开正阳门，以肩舆入大内。亲贵诸人，争膜拜于辇道间，张德成傲然过其车。张德成者，老团也。初起自山东曹州，名曰义士党，专以仇杀洋人与教民为报国。其兵器有刀槊而无火炮。初起，名曰大刀会。自清廷有办团之诏旨，乃改名曰义合团，又曰义和团，竖旗曰"替天行道"，又曰"助清灭洋"。扎以红巾，内藏符箓，或有黄巾者。间有红披挂而黑巾者，名曰黑团。则黄红二种人皆侧媚无敢抗礼，咸曰："此种人大有神通。"每人自四十岁以下，十岁以上，各抱大刀，露其刃，系以红布，邀游市肆间。其诈人之术，以发火为长技。以刀槊向人屋上指画，又向土中作符箓状，众齐声呼曰："照"！火立发。或云豫伏人于屋中，施火油以应之。有不验者，则曰是不宜烧，故不行吾法。自炫能避枪炮，或以利剑自研其支干，不能断，亦不见血。其选择净地为坛垃，名之曰"团"。立大师兄一人主之。人必茹素，禁不得犯妇人，不得掳财物。有子弟就坛皈依者，则大师兄授以符箓。巾带自备，必大师兄为加之，为之念咒，名曰"上法"。上法者，仰而卧地，沫被其唇，状如晕，少须蹶起，向东南叩首无算，于是张目嘘气，缩周身之力聚于二臂，执刀而舞，法尽即委顿。见洋楼即毁。呼洋人曰"大毛子"，教民曰"二毛子"。突前取其头颅，即遇枪炮，亦不之避。弹至立死。其未殊者，群舁至坛次，面大师兄。大师兄曰："劳倦，行苏醒也。"则以刀取其弹，创或弗重，或得生。其创重者，则大师兄必遍索其身，得一二物，辄曰："是劫人家财物者，死宜矣！"日啜三白之饭，夜则席地卧，以苦行自励。其曰能避枪炮者，名曰"金钟罩"。又取十八岁以下，至十二岁以上之闺女，衣履悉红，手红巾，提小红灯，名曰"红灯罩"。言上法后，扬之以篦，即御云而升天，若巨星耿于天际；一煽其巾，而巨炮音喑，弹格不能出矣；即兵舰过海上，煽之亦覆；或坚城石室煽之无不立焚。总旗或画乾卦，或画坎卦，八卦弗全，惟坎卦最夥，即嘉庆时之八卦教也。于康貌为道学，信之尤笃，于是怂恿东朝以为可恃，匪胆益壮。遂合众于十六日丙辰进攻使馆。

这是一段很好的关于义和团的笔记，不过起首勉强拉入仲光与慧月的关系而已。林纾对于义和团的那班"昏百姓"，尤其是对于那些引用义和团闯出大祸的王公大臣，真是深恶痛绝。他曾作《蜀鹃啼传奇》，为反抗拳民暴动而死的吴知县致其哀感与敬意。又曾译《玑司刺虎记》而寄其愤慨，说是："……庚子之事，至今尚足寒心。余译是书，初不关男女艳情，仇家报复。但谓教育不普，内治不精，兵力不足，粮械不积，万万勿开衅于外人也。"到了清鼎既革，他还要做出这部《京华碧血录》来，几乎要把满清亡国之罪完全归于庚子误国的慈禧太后和王公大臣。我们披读《京华碧血录》，随时可以看出作者的这种愤慨。现在再引第二六章的一节于此。

丁卯降敕徵各省勤王兵，无至者。独提督马裕光先以一旅至京。壬申各国联军取东局。东局近紫竹林，银圆铜圆诸局均隶焉。然城守尚固。直督无主，以黄牒乞哀于老团。是日独流镇匪首张德成复至天津，散发，衣道帔，仗剑，用八人肩舆入节署，总督长跪迎近，问吉凶。张德成传神语，慰劳俞禄。且言教堂中有地雷，当以法往取之。即仗剑出，随者万众。至教堂之外，禹步持咒，破门入掘，果得，状如小筩。德成以剑贯之，示众曰："此地雷也。不尔，全城且陷。"万众称美，声振山岳。是夜德成驰入都,进正阳门。明日,黄莲圣母至津,直督顶札如礼张德成。圣母年三十许,龙衮庄严,傲然径入。众皆哗骇,称为仙真。时某未弁侍侧,少年也,善浪游,窃告人曰:"此吾所善倡也。数月之间,何由证仙如此之迅?"然无学,卒不悟其诈,亦随人拜跪犀下。直督问天津体咎。圣母曰:"天津不要紧也!"声如梨园中旦脚。尚有数语,亦均效旦脚所言者言之,丑态百出。直督心知其谬,然惕于朝贵淫威,亦媚团以自结。同时裕威在太原,亦惨杀教士,妇孺无一免者。童子拖肠于地,久之乃死。是时将相及北方藩镇,如狂如瞽,莫审其端,而南方互保之约出矣。忠诚公刘研庄先生方督三吴,知北方糜烂,祸且南暨,乃与各领事立约,彼此互保。于是东南二百兆生灵得不罹兵刃者,先生力也。

这也是一段写得有力的笔记。林纾虽以翻译小说著称,但他自作的小说却没有所译西洋名家小说的气分。他虽说过:"欧人志在维新,非新不学,即区区小说之微,亦必从新世界中着想,斥去陈旧不言。若吾辈酸腐,嗜古如命,终身又安知有新理耶?"(《斐洲烟水愁城录》序》)但他自己在小说上实在未能开辟一个新世界,也不曾发擭若何之新理。他固然很佩服迭更司、司各德,至于自恨年老,不能学习西文,直读其书,私淑其人,但他自己作小说,却不肯以中国的迭更司、司各德自命。他还只愿跟着李宝嘉、刘鹗、曾朴一班人走,"出其绪余,效吴道子之写地狱变相"(《〈贼史〉序》),而作几种"时事小说"。虽然,他于小说上已算尽其最善之力,有其不可磨灭者在。而且从他开始打破章回小说的传统的格式,即此一端,小说史上也就不当忘记他的了。

苏曼殊所作小说有《断鸿零雁记》《绛纱记》《焚剑记》《碎簪记》等种。就中以《断鸿零雁记》篇幅较长。全书凡二十七章,写一孤儿自述出家为僧,异国寻母,以及恋爱飘泊种种惨痛的遭遇。文情悱恻。有时写得凄悲入骨,几乎使人读不下去。今引其第一章于此。

百越有金瓯山者,滨海之南,巍然矗立。每值天朗无云,山麓葱翠间,红瓦鳞鳞,隐约可辨,盖海云古刹在焉。相传宋亡之际,陆秀夫既抱幼帝殉国崖山,有遗老遁迹于斯,祝发为僧,昼夜向天呼号,冀招大行皇帝之灵。故至今日,遥望山岭,云气葱郁;或时闻潮水悲嘶,尤使人欷歔凭吊,不堪回首。今吾述刹中,宝网金幢,俱为古物。池流清静,松柏蔚然。住僧数十,威仪齐肃,器钵无声。岁岁经冬传戒,顾入山求戒者寥寥,以是山羊肠峻险,登之殊艰故也。

一日凌晨,钟声徐发。余倚刹角危楼,看天际沙鸥明灭。是时已入冬令,海风逼人于千里之外。读吾书者识之,此日为余三戒具足之日。计余居此,忽忽三旬。今日可下山面吾师;后此扫叶焚香,送我流年,亦复何憾!如是思维,不觉堕泪,叹曰:"人皆谓我无母,我岂真无母耶?否,否。余自养父见背,虽茕茕一身,然常于风动树梢,零雨连绵,百静之中,隐约微闻慈母唤我之声。顾声从何来,余心且不自明,恒结凝想耳。"继又叹曰:"吾母生我,胡弗使我一见?亦知儿身世飘零,至于斯极耶?此时晴波旷邈,光景奇丽。余遂披袈裟,随同戒者三十六人,双手捧香鱼贯而行。升大殿已,鹄立左右。四山长老云集。香赞既阕,万籁无声。少选,有尊证阇梨,以悲紧之音唱曰:"求戒行人,向天三拜,以报父母养育之恩。"

余斯时泪如縻縻,莫能仰视。同戒者亦哽咽不能止。既而礼毕,诸长老一一来相劝勉曰:"善哉大德!慧根深厚,愿力庄严。此去谨侍亲师,异日灵山会上,拈花相笑。"

余聆其音,慈悲哀愍,遂顶礼受牒,收泪拜辞诸长老,徐徐下山。夹道枯柯,已无宿叶。悲凉境地,唯见樵夫出没;然彼焉知方外之人,亦有难言之恫!此章为吾书发凡,盖纪实也。

这里所谓"方外之人,亦有难言之恫";又说"吾书纪实";而全书所写,又大抵和他自己的遭遇相同,所以我们把它看作曼殊的自叙传读,也无不可。至若书中第二十一章所载西湖春淙亭壁上的《捐官竹枝词》七首,凡光禄寺署丞、郎中、侍诏、道员、知府、同知、知县,以及热中利禄的留学生,无所不写,痛快淋漓。是否果真出自不知谁何氏的题壁,抑或曼殊自摅愤懑,不得而知。可是值得我们注意的,便是:这个时期的小说,自《官场现形记》以下,差不多对于腐败龌龊的官场,有一致谴责的倾向。这种倾向,似乎可以说是这个时期小说的特色。

三、古佚小说的发见和翻印——清代乾、嘉以来,学者辑佚书的工作,使古代散佚的典籍得存十一于千百,以供后来专家研究的资料,他们的成绩不能不算是艰巨而且重要,可是还不曾注意到古佚小说方面。近三十年来,古佚小说的发见和翻印,就替文学史上添了许多珍贵的材料了。敦煌石室里发见的唐、五代的小说,下面有专篇叙述。目前要叙述的,只有这里几种。

《游仙窟》渡海而还。《游仙窟》题宁州襄乐县尉张文成作。文成为张鷟字。张鷟深州陆泽人，《两唐书》都附见《张荐传》。他博学能文，七登文学科。《游仙窟》为传奇，自述奉使河源，路中夜投大宅，逢二女子，叫做十娘、五娘，欢宴调笑，留宿而去。文近骈俪，杂有俗语。此书中国久失传，杨守敬作《日本访书志》，才见著录。何时传入日本的？大约就在作者生存的时候。现在只据可考的年月来说，日本通行本上文章生英房序内有一句道："嵯峨天皇书卷之中，撰得《游仙窟》。"可见在嵯峨天皇弘仁年间（八一〇—八二四）即唐宪宗元和时早已流入日本了。日本人很看重这本书。现在已由周作人买得日本醍醐寺藏旧抄影印本，交由北新书局印行。这本书要算是渡海而还了。

现存的宋人平话小说。宋人平话小说系古代白话文学中的重要作品，但流传到如今的绝少。近来商务印书馆搜集宋人平话四种——《新编五代史平话》《大唐三藏取经诗话》《大宋宣和遗事》《京本通俗小说》，一一加以新式标点，铅印行世。《大唐三藏取经诗话》罗振玉记云："宋人平话，传世最少，旧但有《宣和遗事》而已。近年若《五代平话》《京本小说》渐有重刊本，此外仍不多见。此三浦将军所藏，予借付影印，宋人平话之传人间者，遂得四种。《四库全书总目·杂史类》存目，《平播始末》条，言《永乐大典》有平话一门，所收至夥，皆优人以前代轶事敷衍成文而口说之。今《大典》已散佚。庚子拳匪之乱，翰林院火，《大典》烬余，有以糊油篓及包裹食物者。其幸完者，多流入海外。辛亥国变，官寺所储，亦为人盗窃分散，今一册不存。平话一门，不知人间尚存残帙否？念之慨叹。"这段记载，可用为关于宋人平话史料的参考。又亚东图书馆印有《宋人话本》八种，其中有商务本所未收的。现存的宋人《京本通俗小说》都收在这里了。

影印元本《三国志平话》和明本《三国志通俗演义》。现在商务印书馆正在影印元至治本《全相平话三国志》、明弘治本《三国志通俗演义》。据说《三国志平话》为元至治间建安虞氏新刻《全相平话》之一。书分上中下三卷，目各有图，即所谓"全相"，文体似《宣和遗事》。不知著者姓名。罗贯中的《三国志通俗演义》，于杂采史传及诸家琐闻外，很多取材于这书。——如王允献貂蝉，孔明祭风，三战吕布，三气周瑜之类。不过这书开端假托司马仲相断狱，《演义》就由灵帝御极叙起，结局终于五丈原将星堕营，《演义》就加入司马篡魏各段。这是两书起讫的不同处。又书中叙张飞的勇，武侯的智，极力描摹，由于讲史材料，注重耸动俚俗听众，也与《演义》直叙故事的体例不同。至于《三国志通俗演义》一种，据说以明弘治本为最古，为最善。明季李卓吾评点本从此出。书坊翻刻，渐失罗氏旧贯。清初金圣叹根据旧本，厘订为一百二十回，是为今本。古本凡二十四卷，有音义，有注释，有句读，很有些地方和今本不同。这个古本流传，大家可以看见罗贯中原书的真面目。——总之，这两种书的刊行，算添加了两种很重要的关于三国故事演变的材料。

此外，开明书店还重印有明人白话短篇小说《照世杯》。

四、旧小说的整理和研究——首先须得提及的事，便是在这个时期略前一点，已有俞樾整理《三侠五义》。俞樾寓居苏州，潘祖荫从北京回，出示石玉昆所作的《三侠五义》。俞樾阅毕，大加称赏，说是："事迹新奇，笔意酣恣。描写既细入毫芒，点染又曲中筋节。正如柳麻子说武松打店，初到店内无人，蓦地一吼，店中空缸空甏，皆瓮瓮有声，闲中著色，精神百倍。"（《七侠五义》俞序）但他觉得第一回狸猫换太子，怪诞不经，于是动手改作。又因书中有南侠、北侠、双侠，加小侠艾虎，共有五侠，再加小侠之师黑妖狐智化，和那位能从游戏中生出侠义来的小诸葛沈仲元共为七侠；因改书名为《七侠五义》，于一八八九作序印行。这位"拚命著书"的学者，于治群经诸子诗文之外，还肯破费一点工夫整理一部小说，开这个时期整理旧小说的先河，自是值得我们注意的一件事。近十年来，在文学革命，整理国故的热闹声中，有不少的人从事旧小说的整理和研究，而且他们这种工作，已经得到相当的成绩了。现在依次叙述如下：

校读标点。对于旧小说校读标点用功夫最多的人，自然要推汪原放。由他校读标点的小说，已经有《三国演义》《水浒传》《西游记》《红楼梦》《儒林外史》《镜花缘》《水浒续集》《儿女英雄传》《三侠五义》《海上花列传》《官场现形记》《老残游记》等种。

考证批评。在上面所述校读标点的小说，全有胡适的考证、传叙，或引论。有的有陈独秀的序，有的有钱玄同的序，其中以胡适考证的成绩为最大。在胡适从事这项工作的略前一点，未尝没有小说考证。——如钱静方的《小说丛考》，蒋瑞藻的《小说考证》，但都不过是一些断片的笔记，零星的考证材料，不好算做若何有条理有见解之历史的考证，文学的批评。又如王梦阮的《〈红楼梦〉索隐》，蔡元培的《〈石头记〉索隐》，似乎可以说是历史的考证了，但经胡适考证的结果，指出他们不过收罗许多不相干的零碎史事，来附会《红楼梦》的情节，其实他们并不曾做《红楼梦》的考证，只做了许多《红楼梦》的附会！我以为胡适在这方面最大的贡献，不在他这十几篇小说上的考证批评文章，而在他于这种考证批评上应用的方法。

小说史的创作。这个时期作小说史的很有几个人。我们不能不推鲁迅的《中国小说史略》为一部极有价值的创作。全书凡二十八篇，选材精确，断制谨严，结构完密。我们只须读了这部书，就可以知道中国两千多年来的小说变迁及其所以变迁的一个梗概，这是何等便利的事！

五、小说的定期刊物纷纷出现——小说的定期刊物纷纷的出现，这是近代中国小说发展史上一个值得注意的现象。固然因为这个时候已经有不少的人提倡小说，小说在文学上的位置较前不同了，同时因为印刷术的进步，定期刊物的流行，也足以促进小说的发展。最初梁启超主撰的《新小说》，可以算得小说杂志的初祖，可惜出版一年即停刊了。同时李宝嘉主撰的《绣像小说》，由商务印书馆发行，出到七十二期而止。吴沃尧主撰的《月月小说》，由上海群学社发行，仅出到二十四期。自是以来，小说杂志一时蠭起。如《新新小说》《新世界小说社报》《小说林》《扬子江小说报》《小说时报》《小说丛报》《小说季报》《小说七日报》《十日小说》《小说新报》《中华小说界》《小说月报》等等，以及其他名称不标小说，而性质实为小说的，此起彼仆，层出不穷。日本米田佑太郎近作《支那文艺杂志之变迁》，列举小说杂志亦有三十多种。（《骚人》第四卷第七号）其中以《小说月报》的寿命最长，系由商务印书馆出版，计自发行以来，直到如今，已经二十年了，这在目前小说杂志中算是一个老前辈。此外同时别种定期刊物，只要略含文学性质的，莫不插有小说一栏。小说在各种杂志中，好像所谓"国药"中目为百药之王的甘草。至于日报附刊小说，则始于上海《时报》，那时正在一九〇四年，日俄开战的时候。到了目前，几乎每种日报的副刊都有小说所占的篇幅了。这个时期，真可以说是小说最流行的时代。

煞尾得附说几句的，便是以上所说者，如以上各项，还只算得新世纪初叶中国小说发达史上的一点成绩，也就只算得是中国小说界在新旧过渡时期所留的一点迹象。（周作人《日本近三十年小说之发达》末段附论近代中国小说的发展，虽略，还好，可参看。见《新青年》五卷一号。）至于真正可以算得新世纪的中国的新小说作品，就须求之于文学革命运动以后了。

# 八 敦煌俗文学的发现和
  民间文艺的研究（上）

最近二三十年间，中国新发现的学问不少，如殷墟甲骨文字，中国境内的古外族遗文，内阁大库的书籍档案，敦煌塞上及西域各地的古简牍，敦煌千佛洞的唐、五代、宋初人所写的卷子，都是。其中以敦煌千佛洞的卷子里，发现了唐、五代的俗文学，为文学史料上的一种大发见，正是本篇所要叙述的。我们向来说到唐、五代的文学，只知道有典雅的诗词散文骈文，谁知道除了这些文学之外，还有很浅显的，而为一般民众所赏玩的俗文学？在现在高唱白话文学的时代，提倡民间文艺的时代，对于这种俗文学的发现，当然要视为奇迹的了。

我们要知道这种俗文学发现的经过，就须得略述敦煌石室藏书发见的经过。一八九八年左右，甘肃敦煌千佛洞发见古代藏书的窟室。里面所藏，大都是唐、五代人的写本。当地居民视为一堆废纸，也有当作神符，烧灰泡水治病的。那时交通不便，故不曾惹起学术界的注意。直到一九〇七年，英国斯坦因爵士（Sir Aurel Stein）到中亚细亚去探险，路过敦煌，知道这个洞里的藏书发见，胡乱买了六千多卷子回去，是为伦敦博物馆敦煌遗书的来源。第二年，一九〇八，法国伯希和氏（M. Paul Pelliot）来到此地，选买了两千多卷子回去，是为巴黎图书馆敦煌遗书的来源。后来北京的学部知道了，才命甘肃的当局把剩余的万把卷子送到北京保存（据说实在得归公家保存的不过两千多卷，其余的都由私人盗取朋分去了），是为京师图书馆敦煌遗书的来源。这些写本，约百分之九十以上为佛教经典，此外才是道教经典，及古书写本，或其他佚书史料，本篇所要叙述的唐、五代的文学当然也就在内了。

尽我现在已有的机会看得见的，关于这种俗文学的材料，有下列各种：

罗振玉《敦煌零拾》七种　　　　　天津法租界贻安堂出售
蒋斧《沙州文录》一卷，罗福苌补录一卷　　　　　同上
刘复《致吴立模书》　　　　　钟敬文《歌谣论集》
容肇祖《唐写本明妃传残卷跋》　《民俗》二十七、八合期
胡适《海外读书杂记》　　　　　《留英学报》第一期
胡适《白话文学史》（《自序》及第十一章）　新月书店出版
汪馥泉译，狩野直喜《中国俗文学史研究底材料》
《语丝》第四卷五十二期
　　汪馥泉译，青木正儿《中国俗文学三种底研究》
《北新》第三卷第四号
　　汪馥泉译，仓石武四郎《写在"目连变文"之后》　　同上
此外还有——
罗福苌《伦敦博物馆敦煌书目》　　北京大学《国学季刊》
罗福苌《巴黎图书馆敦煌书目》　　　　　　　　同上
刘复《敦煌掇琐叙目》　北京大学《国学周刊》第三期

我这篇文章的材料出处，大都在上述各种东西里面。为行文便利计，以下叙述的时候，倘若没有必要，就不能一一详注出处了。

这种俗文学，都是用文言白话杂凑体或白话体写的散文的或韵文的小说（韵文里面有几种可以说是通俗的故事诗）。现在先述其中关于散文那一部分的。有这么一段——

判官懆恶，不敢道名字。帝曰，"卿近前来"。轻道，"姓崔，名子玉。""朕当识。"才言讫，使人引皇帝至院门。使人奏曰，"伏惟陛下，且立在此，客臣入报判官速来。"言讫，使者到厅前拜了。"启判官，奉大王处，太宗皇（皇字《沙州文录》补作是。）生魂到，领判官推勘，见在门外，未敢引。"子玉闻语，惊忙起立唱诺。（《沙州文录》无末了二字。）

此据狩野直喜所钞，说是：斯坦因氏所得敦煌遗书中的东西，写在一叶败纸上，首尾不完，下方断烂，实在连下句读都不可能。但看文中催子玉，判官，太宗等字样，就可以明白是述唐太宗魂游地府的故事。《西游记》中第十一回有"游地府太宗还魂"一段。俞樾《茶香室丛钞》，以为从张鷟《朝野佥载》（《见太平广记》卷一百四十六所引）的记事产生了《西游记》中的故事。可是《朝野佥载》不著冥判姓名。以冥判为崔府君，我们只知道始见于费衮的《梁溪漫志》。那知道唐末已有以这故事为题材的小说，对于判官也叫崔子玉了呢。又有关于秋胡故事的小说，亦系散文的。现就《沙州文录补》所载转录于此。

"……汝今再三弃吾游学，努力勤心，早须归舍，莫遣吾忧！"秋胡辞母了手，行至妻房中，愁眉不尽，顿改客仪，蓬鬓长垂，眼中泣泪。秋胡启娘子曰："夫妻至重，礼合乾坤；上接金兰，下同棺椁：二形合一，赤体相和；附骨埋牙，共娘子俱为灰土。今蒙娘教，听从游学，未知娘子听许已不？"其妻听夫此语，心中凄怆，语里含悲，启言道："郎君！儿生非是家人，死非家鬼，虽门望之主,不是配娘检校之人;寄养十五年,终有离心之意。女生外向,千里随夫。今日属配郎君,好恶听从处分。郎君将身求学,此惬吾本情。学问虽达一朝,千万早须归舍!"辞妻了。道服得十袄。文书□是《孝经》《论语》《尚书》《左传》《公羊》《穀梁》《毛诗》《礼记》《庄子》《文选》。便即发程。不经旬日,行至朦山。将身即入。此山与诸山不同。……秋胡行至床下,见一石堂记,由羞一寻仕(以上数字意义不明)数千年老仙,洞达《九经》,明解才略。秋胡即谢。便乃只承三年。得《九经》通达。学问晚(完)了,辞先生出山。便即不归,却投魏国,意欲觅官。披发猖狂,佯痴放呆。……秋胡妻,自从夫游学已后,经历二年,书信不通,阴符隔绝。其妻不知夫在已不。□孝养勤心,出亦当奴,入亦当婢,冬中忍寒,夏忍热,桑蚕织络,以事阿婆。……

"秋胡戏妻"的故事,首见于汉刘向《列女传》,宋颜延之有《秋胡诗》,元石君宝演为《秋胡戏妻》杂剧。现在才知道在唐时已有这种关于秋胡故事的小说了。再,狩野直喜还录有这么一段:

楚之上相,姓仵名奢。文武附身,情存社稷。手提三尺之剑(以下数字不明),托六尺之躯。万邦受命。性行惇直,议节忠贞。意若风云,心如铁石。恒怀匪懈,夙夜兢兢事君。国政为美,顺而成之。主若有错,犯颜而谏。仵乃有二子。(以下三字不明)小者子胥,大名子尚,一事梁国,一事郑邦。并悉忠贞,为人洞达。楚王太子长大,未有妻房;王问百官:"谁有女堪为妃后?"……大

> 夫魏陵启言王曰："臣闻秦穆公之女，年登二八，美丽过人。眉如画月，领似凝光，眼似流星，面如花色。发长七尺，鼻直颜方，耳似穗珠，手垂过膝，拾指纤长。愿王出敕与太子平章。傥得称圣情，万国和光善事。"……王见女姿容丽质，忽生虎狼之心。魏陵曲取王情，"愿陛下自纳妃后。东宫太子，别与外求。美女无穷，岂□大道。"……

据说这是从伯希和那里钞来的，可以看作描写春秋列国的小说的断篇。他只录了这么一部分，是讲伍子胥的故事的。罗著《伦敦敦煌书目》内所云《列国传》残卷（原注：记吴越战事，及伍子胥事。）不知和这个是一是二。我们向来只知道讲春秋战国故事著名的通俗书，有《东周列国志》一书，有了这个《列国传》的残卷发见，才知道还有比《东周列国志》更早的相类似的东西了。又罗著《伦敦敦煌书目》内所列《茶酒论》一首，并序，署乡贡进士王敷撰，下注俗语体。据狩野直喜说，这是茶和酒迭述其功能的滑稽文。看它的文章，如——

> 茶乃出来言曰："诸人莫闹，听说些些。"
> 第三茶曰："阿奶不闻道。"

这么的话很多，这很有些童话的意味。在中国这种文体，这种味道的东西，恐怕要算最早的罢。

又据仓石武四郎说，内藤湖南从巴黎探寻敦煌故书，所摄影片中有《舜子至孝变文》一卷，缺少起首。跋文云："天福十五年，岁当己酉，朱明蕤宾之月，莫生拾肆叶写毕记。"天福是五代后晋高祖的年号。天福十五年为公历九五〇年。据说：

这故事是把《孟子》中舜的故事润色了的东西。孝子受挫折，天也悲愁。于是帝释化一老人，来平复了他的创伤。舜入书堂，先读《论语》《孝经》，后读《毛诗》《礼记》。是这么使人微笑地富于童话的色彩。在结构上，尽反复着那愚直的瞽叟，常常为后妻煽惑，想陷害舜的故事。每次总是——

> 自从夫主去辽阳，遗妾勾当家事，前家男女不孝。

妻子说完了她的才言，便提议她的挫折法；丈夫便立即说——

> 娘子虽是女人，设计大能精细。

这么的赞成话，每次总是一字不差地反复着。童话的根本要素的单纯，以及伴着这个而起的反复，毫无遗憾地在这小篇中表现了。到了最后，则用——

> 瞽叟填井自目盲，舜子从来历山耕；将来冀都逢父母，以舌舐眼再还明。
> 孝顺父母感于天，舜子涛井得银钱；父母抛石压舜子，感得穿井东家连。

七绝二首结束。我看这似乎是后来小说每逢一个结束，把"有诗为证"殿尾的滥觞。

以下接述关于韵文方面的。最初，我就举出刘复从巴黎图书馆所藏敦煌写本中录出的两种东西：

## 一　太子五更转

一更初，太子欲发坐心思。□知耶娘防守□，何时得度雪山□。

二更深，五百个力士睡昏沈。遮取黄羊及车□，朱鬃白马同一心。

三更满，太子腾空无见人。官里传齐悉达无，耶娘肝肠寸寸断。

四更长，太子苦行万里香。一乐□提修佛道，不藉你分上公王。

五更晓，大地下众生行道了。忽见城头白马纵，则知太子成佛了。

## 二　（阙题）

一更初夜坐调琴，欲奏相思伤妾心。每恨征夫薄行迹，一过挽（？）人年月深。君自去来经几春，不传书信绝知闻。愿妾变作天边雁，万里悲鸣寻访君。

二更孤帐理秦筝，若个弦中无怨声。忽忆征夫镇沙漠，遣妾烦怨双泪盈。当本只言今载归，谁知一别音信稀。贱妾状自姮娥月，一片贞心守空闺。（以下讹阙太多，不录。）

还有《敦煌零拾》内《俚曲三种》之一，也是以"五更"为母题的：

### 叹五更

一更初，自恨长养枉生躯。

耶娘小来不教授，如今争识文与书？

二更深,《孝经》一卷不曾寻。
之乎也者都不识,如今嗟叹始悲吟。
三更半,到处被他笔头算。
纵然身达得官职,公事文书争处断?
四更长,昼夜常如面向墙。
男儿到此屈折地,悔不《孝经》读一行。
五更晓,作人已来都未了。
东西南北被驱使,恰如盲人不见道。

现在民间流行的唱本,用"五更"为母题的很多,如《串花闹五更》《小尼僧》《双串侉侉调》《湘江郎》之类都是。《五更叹》《太子五更转》,当然是这类东西的先代了。《敦煌零拾·俚曲三种》内,还有两种,一是《天下传孝十二时》,一是《禅门十二时》,文长不录。我以为现在民间流行的一些俚曲——如"十字调"(如《十杯酒》之类)、"十二月调"(如《十二月放羊》之类),怕都和这种俚曲有点历史上的关系。又《敦煌零拾》内,录有《云谣集杂曲子》三十首(后阙十二首),其目为《凤归云》四首,《天仙子》二首,他如《竹枝子》《洞仙歌》《破阵子》《浣沙溪》《柳青娘》《倾盃乐》,不载首数。此八调名均在崔令钦《教坊记》所载曲名中。王国维考得"《唐书·宰相世系表》有国子司业崔令钦,为隋宏农太守宣度之五世孙,则其人当生玄肃二宗时,《教坊记》记事讫于开元,亦足推其时代,则此八曲固开元教坊旧物矣"。我们读此,又可知道词的一种起源,而其时代当在开元以前了。

其次,有关于董永行孝的故事,题为《孝子董永传》,也是韵文的。兹就《沙州文录补》所录,全录于此。

人生在世审思量,暂□□□有何妨。大众志心须净听,先须孝顺阿耶娘。好事恶事皆抄录,善恶童子每抄将。孝感先贤说董永,年登十五二亲亡。自叹福薄无兄弟,□中流泪每千行。为缘多生□姊妹,亦无知识及亲房。家里贫贱无钱物,所买当身殡耶娘。便有牙人来勾引,所发善愿便商量。长者还钱八十贯,董永只要百千强。领得钱物将归舍,拣择好日殡耶娘。父母骨肉在内堂,又饮攀蒉出于堂。见此骨肉齐哽咽,号咷大哭是寻常。六亲今日来相送,随东直至墓边旁。一切掩埋总已毕,董永哭泣阿耶娘。直至三月复墓了,拜辞父母几田常。父母见儿拜舞已,愿儿身健早归乡。……郎君如今行孝道,见君行孝感天堂。数内一人归下界,暂到浊恶至他乡。帝释宫中亲处分,便遣汝等共田常。不弃人徽同千岁,便与相逐事阿郎。……

董永便是相传"二十四孝"故事里面的董孝子。出于传为汉刘向作的《孝子图》。(《汉学堂丛书·子史钩沈》作《孝子传》。)《太平御览》卷四百十一,引用著《孝子图》的文字。又见于传为晋干宝作的《搜神记》中。这种韵文体的小说——也可以说是通俗的故事诗,自可看为民间唱本来源的一种资料。自然这是街头书摊上常见的《董永行孝》的小唱本的老祖宗。《敦煌零拾》还录得有《季布歌》,尚存一千五百多字,体裁正和这个相同。又巴黎图书馆还藏有《季布骂阵词文》。这可以考见当时季布故事在民间的流行了。

再次,就是韵文中杂有散文,似兼有说和唱,而以歌唱为中心的东西——如《明妃传》。这本东西现存巴黎图书馆,又见伯希和及日人羽田亨所编印的《敦煌遗书》中。据容肇祖跋:

上卷前有阙损，下卷尚完好。起首缺去多行，下即叙述昭军与蕃王同行往蕃，路途中自不免多少怨恨惆怅；到了之后，因风俗习惯的不同，自当郁郁。单于即拜昭军为烟焰皇后。昭军仍不称意。单于见他不乐，又传一箭，告报诸蕃，非时出猎，围绕烟焰山，用昭军作心。万里攒心，千兵逐兽。昭军既登高岭，愁思便生，遂指天叹息：

　　单于传告报诸蕃，各自排兵向北山。左边尽著黄金甲，右伴芬云似锦团。黄羊野马捻枪拨，鹿鹿从头吃箭川。远指白云呼且住，听奴一曲"别乡关"。妾家宫苑住秦川，前望长安路几千。不应玉塞朝云断，直为金河夜冢连。烟焰山上愁今日，红粉楼前念昔年。八水三川如掌内，大道青楼若眼前。风光日色何处度，春色何时度酒泉？可笑轮台寒食后，光景微微上不传。衣光路远风吹尽，朱履途遥蹀蹬浡。假使边庭突厥宠，终归不及汉王怜。心惊恐怕牛羊吼，头痛生憎乳酪膻。一朝愿妾为红□，万里高飞入紫烟。初来不信胡关险，久住方知虏塞□。祁雍更能何处在？只应驽郁白云边。

于是一度登山，千回下泪。恨积如山，愁盈若海。因此得病，渐加羸瘦。单于夫妻义重，问语颇多。明妃遗言便说：

　　妾死若留故地葬。临时情（请）报汉王知。

单于答他说：

　　愿为宝马连长带，莫学孤蓬剪断根。公主亡时仆亦死，谁能在后哭孤魂。

明妃由此渐困，单于千般求术。到后夜三更，明妃死了。单于脱却天子之服，还着庶人之裳，披发临丧，魁渠并至，不胜悲切，更表奏汉庭。至于葬事，一依蕃法。单于亲送，部落皆来。坟高数尺，号称"青冢"。汉哀帝差使杨少徵前来吊祭。到蕃汉界头，遂见明妃之冢。青冢寂寥，多经岁月。汉使宣哀帝之命，乃致祭词。祭词中有说道：

漂遥（按即票姚之别写，《汉书·霍去病传》为票姚校尉。）有惧于猃狁，卫霍怯于强胡。不嫁昭军紫塞，难为运策定单于。

这个有悲剧意味的《明妃传》便如是结束。《明妃传》是羽田亨诸人假定的名称，胡适则称为《明妃曲》。我以为不如叫作《昭君变》。《全唐诗》中有一个世次爵里无考的诗人叫吉师老的，有一首诗，题为《看蜀女转昭君变》。诗云："妖姬未着石榴裙，自道家连锦水濆。檀口解知千载事，清词堪叹九秋文。翠眉颦处楚边月，画卷开时塞外云。说尽绮罗当日恨，昭君传意向文君。"这里面所说的蜀女转《昭君变》，不也是有说有唱的么？这简直和现的妞子说书一般无二了。关于王昭君出塞嫁单于的故事，见《汉书·元帝本纪》《匈奴传》《后汉书·南匈奴传》《琴操·怨旷思惟歌》《西京杂记》《世说新语》诸书。唐人以昭君为诗歌的题材的真不少。至于演为通俗的，小说似的一种东西，这篇《明妃传》或名《昭君变》，自然要算是最早的了。

又次，据仓石武四郎录自狩野氏所抄的，认为可以看作戏曲材料的东西，有这么样一段：

　　娑婆世界，高下不平，富贵贫穷，本性各异。种时不能自种，只是怨天不平，见他贵富家荣，我却终朝贫困。佛子旨无□□□可亭居，自长身来一物无，□勤夫妻颦咒愿，只求富贵免贫躯。见觅富贵百千般，不道前生恶业牵。盖得肚皮脊背露，脚根有袜指串故。朝求暮乞不成喰，有日无夜着甚眼。惟恨前生不修种，垂知贫苦最艰难。自家早是贫困，日受饥寒；更不料量，须索新妇，一处作活。更被妻女，说言道话。道甚言语出忆得这身侍□来，交人不省傍妆台。洗面□□因担水，枕头坡下拾柴回。煎水滓来无米煮，何时且过有资财。可皓却娘百足锦，衙教这里忍饥来。他儿如耳还说道里。道个甚言语也娘子今日何置言，贫富多生恶业牵。不是交娘子得如此，下情终日也饥寒。初定之时无衫袴，大归娘子没泷房。娘子定来我空手索，何□媒人叫称量。娘子既言百足锦，娘娘呼我作上马郎。彼此赤身相奉侍，门当户对恰相当。白日起□无饭吃，夜头拟卧没毡脉。大拟□女夫展脚睡，冻来直□野鸡盘。佛子□□娑婆国里且无贫，拾得珠金乱过与人。弟子收来曩宝座，合掌齐声请世尊。室座既成诸天绕，弥陀即便自家云。特为他身来说法，定证金刚不坏身。门徒切要审思量，念佛更烧五更香。闲来不守三归界，如何生死作桥梁！欲得千年长富贵，无过为佛往西方。合掌阶前领取偈，明日闻钟早听来。（字句有错，故意思有不明了。）

　　倘若我们以"白""曲""科"为戏曲的三要素，那么，这篇东西似乎可以看作一出剧曲罢。结局归之于佛子的宣传，可见当时宗教家对于民众间布道的努力。

此外关于佛子向民众宣传——演说佛书，劝修佛道的唱文还很多。罗振玉统称这种东西为"佛曲"。他的《敦煌零拾》中所收的佛曲有三种。其第二种为《文殊问疾》第一卷，实是《维摩诘经》的演义。试引其发端：

经云："佛告文殊师利，汝行诣维摩诘问疾。"
［白］言佛告者，是佛相命之词。缘佛于会上，告尽圣贤，五百声闻，八千菩萨，从头遣问，尽曰不任，皆被责呵，无人敢去。酌量才辩，须是文殊。其他小小之徒，实且故非难往，先来妙德，亦是不堪。今仗文殊，使专问去，于是有语告文殊云。
［断诗］三千界内总闻名，皆道文殊艺解精。体似莲花敷一朵，心如明镜照漂清。常宣妙法邪山碎，解演真乘障海倾。今日筵中须授敕，与吾为使广严城。

下面尽是反复着"白"与"断"。其次，再经云："文殊师利乃至诣彼问疾。"……尽这么地依了经演绎。其他二种佛曲，未有标题。京师图书馆所藏敦煌佛曲，有《佛奉行集经俗文》《八相成道俗文》《维摩诘所说经俗文》几种。《维摩诘所说经俗文》，似即是胡适在《海外读书杂记》里说的《维摩诘经唱文》，京师存两长卷，伦敦存一些残卷，巴黎存若干卷，已由胡适考得它的作者为普贤院主比丘靖通。其第十九第二十两卷作于广政十年——公历九四七年；其余的部分，当作于九四七年左右。据他推测，依经文一百字演成三四千字的比例，全部唱文至少须有二三百万字，这要算是世界上最伟大的记事诗（Epic）了。

还有伯希和所得敦煌遗书中的《目连缘起》《大目乾连冥间救母变文》《降魔变柙座文》，也似属于佛曲，也都是用俚俗的叙事文来叙述，其间处处插入四七言或六言的俚俗的记事诗。现在据青木正儿就冈崎文夫所录转抄的，引在这里。这是《目连缘起》的冒头：

昔有目连慈母，号曰青提夫人，住在西方。家中甚富，钱物无数，牛马成群。本也悭贪，多烧杀害。自后夫主亡后，而乃穷居。惟有一儿，小名罗卜。慈母虽然不善，儿子非常善心。……一日欲往经营，先至堂前，白于慈母："儿拟外州经营求财，侍奉尊亲。"……娘闻此语，深惬本情；许往外州，经营求财。一自儿子去后，家内恣情，朝朝宰煞，日甘烹煮。无念子心，岂知善恶。……不经旬日之间，罗卜经营却返；欲见慈母，先遣使报来。慈母闻道儿归，火急铺设。花幡辽绕，院庭纵横，草秽狼藉。一两日间，儿子便到，跪拜起居。"自离左右多时，且喜阿娘万福。"阿娘见儿来欢喜："自汝出向他州，我在家中，常修善事。""儿于一日行到见说慈母日不曾修善，朝朝宰煞，祭祀鬼神，三宝到门，尽皆凌辱；儿闻此语，惆怅归家。问母来由，要知虚□。"（疑脱一实字）母闻说已，怒色向儿："我是汝母，汝是我儿，母子之情，重如山岳。——出语不信，纳他人之困词，将为是实。汝若今朝不信，我设咒誓愿，我七日之内病终，死堕阿鼻地狱。"儿闻此语，两泪向前："愿母不赐嗔容，莫作如此咒誓。慈母作咒，冥道早知；七日之间，母身将死堕阿鼻地狱，受无间之馀殃。"……慈父已生于天上，终朝快乐逍遥；母身堕在阿鼻，日日惟知受苦。

目连慈母号青提，本是西方长者妻，
在世悭贪多煞害，命终之后落泥犁！
身卧铁床无暂歇，有时驱逼上刀梯。
推岛（捣）碓磨身烂坏，遍身恰似淤青泥。
于是目连见于慈母堕在地狱，遂白佛言如来，请陈上事：——

"慈母前生修善，将为死后生天，——
今且堕在阿鼻，此事有何所以？
目连虽证罗汉，神通智惠未全。
不了慈亲罪因，两泪向佛启告。
神通弟子目犍连，摄步登时白佛言：
唯愿世尊慈怜我，得知慈母罪根源。
母在世时修十善，将为死后得生天。
自从一旦身亡后，何期慈母落黄泉。"
于是世尊闻，唤目连近前。

"汝今谛听吾言，不要聪聪（匆）啼哭。——
汝母在生之日，都无一片善心，终朝害生灵，每日欺三宝，
自作自受，非天与人；今既堕在阿鼻受苦，何时得出！

"我佛慈悲告目连，不要忪忪且近前。
汝母在世多煞害，悭贪广造恶因缘。
三涂受苦应难出，一堕其中万万年。
自作之时还自受，有何道理得生天。"……

按唐孟棨《本事诗》，及王定保《摭言》，均载张祜笑白居易《长恨词》云："上穷碧落下黄泉，两处茫茫皆不见。"为

"目连变",或"目连访母"。这里《目连缘起》,许即是当时的"目连变"也未可知。至少我们可以知道目连寻母的故事,在唐代已是流行于民间的了。

其他二篇,也是和这篇《目连缘起》是同样的体例。

这种东西,可以断定是且说且唱的。末尾用了"今日为君宣此事,明朝早来听真经"的韵语结束。这和上文所引无题残曲末尾说的"合掌阶前领取偈,明日闻钟早听来",用意正是一样。这种文章似乎都是佛门子弟为了宏法说教,向民众演唱用的。

末了还须提笔写到的,也是敦煌发现的写本,——《王梵志诗》和韦庄《秦妇吟》。王梵志,卫州黎阳(今河南浚县)人,生于隋文帝时。他的诗集写本,伯希和存三残卷,又羽田亨影照伯希和藏的别本一卷。董康有手钞本。今据胡适《白话文学史》所录,选录四首:

一

我见那汉死,肚里热如火。不是惜那汉,恐畏还到我。

二

吾有十亩田,种在南山坡。青松四五树,绿豆两三窠。热即池中浴,凉便岸上歌。遨游自取足,谁能奈我何!

三

共受虚假身,共禀太虚气。死去虽更生,回来尽不记。以此好寻思，万事淡无味。不如慰俗心，时时一倒醉。

### 四

草屋足风尘，床无破毡卧。客来且唤入，地铺稿荐坐。家里元无炭，柳麻且吹火。白酒瓦缽藏，铛子两脚破。鹿脯三四条，石盐五六课。看客只宁馨，从你痛哭我。（胡注：宁馨即那哼，那么样。）

他的诗是俚俗的说理诗，有韵的劝世文，开后来寒山、拾得的一派，宋朝的"道学诗"，似乎也可以说是这一派的支流苗裔。

蜀相韦庄的《秦妇吟》，是一首七言长篇叙事诗，叙述黄巢乱时，一个逃难的妇人目击乱象，及其脱险的遭遇，极其沉痛悱恻。这首诗语句显豁如说话，在当时民间很流行，至制为《秦妇吟》幛子。韦氏的《浣花集》中不载，只有和《郑拾遗秋日感事一百韵》，也可以说是一首述乱的长诗，但论其剪裁、描写、情味，不及《秦妇吟》远了。倘若我们说是《孔雀东南飞》一首为五言诗里的第一长篇叙事诗，同样，可以说《秦妇吟》一首是七言诗里的第一长篇叙事诗。这两首诗真可以算得中国诗歌里的两大奇迹！

其他在罗著《伦敦敦煌书目》中所列《叹百岁诗》《时令诗》，以及刘著《敦煌掇琐叙目》卷上所列许多诗和小唱，我想都是当时语体的诗曲。可惜现在我还没有机会一读原文，只好存而不论了。

现在，我要在这里掇拾诸家研究这种俗文学的重要意见，

— 139 —

括为三项；最后，加入一点自己的意思，作为本篇的结论。

第一，唐、五代产生这种俗文学的原因

狩野直喜说："关于在唐、五代产生这种文学的理由，……就是在唐代，产生了许多以艳丽的雅文写的传奇小说；可是在没有教育的下层民众间，因为文辞太高尚，不能理解，于是用俗语的散文缀成的小说便继起了。白乐天的《长恨歌》《琵琶行》，和元微之的《连昌宫词》，这些贵族的文学，不能满足下层社会的要求，所以便产生了这种韵文。"（按此指《孝子董永传》一类的东西。）

第二，佛教和这种俗文学的关系

容肇祖说："《明妃传》中间杂用五七言的韵文及通俗散文构成，当是唐代的平民文学作品。究竟这种作品和佛曲是那先那后？佛曲采民间的小说体呢？还是民间的可歌的小说体因佛曲而来呢？同时敦煌石窟里的发见，两种都有，我以为前者近是，然而是很难断定的。"（《唐写本〈明妃传〉残卷跋》）

青木正儿说："这么的民众的文学，不是要有了宗教才发生的。实在是，宗教家仿做民间流行的俗歌等，以谋教义底普及的吧。"（汪译《中国俗文学三种底研究》）（胡著《白话文学史》二〇二至二一五页论这个关系最好，可参看。）

第三，这种俗文学和后来俗文学的关系

胡适说："我们向来不知道中古时代的俗文学。在敦煌的书洞里，有许多唐、五代、北宋的文学作品，从那些僧寺的"五更转""十二时"，我们可以知道填词的来源；从那些"季布""秋胡"的故事，我们可以知道小说的来源；从那些"维摩诘唱文"，我们可以知道弹词的来源。"（《海外读书杂记》）

我以为第一项所云唐、五代产生这种俗文学的原因，实是当时文学的环境使然，社会的风气使然。因为这个时代的社会.

是特别富有文学嗜好的社会。我们只要看一看《全唐诗》，就可以知道这个时代诗人之多，诗词作品之多。看到这部书的最后，就可以知道这个时代诗体之杂，尤其是诗人流品之杂——几乎无论那种身分的人，都有会做诗的；甚至连荒渺的神仙鬼怪也会做诗，于是有许多流俗相传的神仙鬼怪的诗都出来了。倘若我们承认中国文学史上的第一诗人时代，是"三百篇"的时代，那末，这个时代便是第二诗人时代。同时我们只要翻一翻《唐代丛书》，或《太平广记》所录唐人之作，就可以知道这个时代民间流传的故事的丰富，和传奇小说的发达。再查一查"旗亭唱诗"的故事，元、白诗流行民间的故事，就可以知道这个时代民间对于文学的嗜好。总之：嗜好文学，是这个时代的社会里最普遍的风气，不过贵族需要贵族的文学，平民需要平民的文学。因此我们可以说，唐、五代之际，俗文学的所以产生，正是因为在那样嗜好文学的社会环境里，在那样文学的氛围里，适合民众文学上的需要而产生的。关于第二项，佛教和这种俗文学的关系：我以为必是民间先有关于故事或俗歌的流传及扮演歌唱的嗜好，而后佛教徒才有这种向民间宣传用的"变文""缘起""俗文"——即所谓"佛曲"。否则，民间不能欣赏这种东西，那种中世纪的宗教狂热，也就无所用之了！关于第三项，这种俗文学和后来俗文学的关系：我以为现在民间流行的许多唱本，如"鼓词""宝卷""道情""小调""戏文"等等，都和这种俗文学有直接或间接的关系，这从历史的探索上，比较的研究上，可以得到这样的结论的。总之：有了唐、五代这种俗文学的发见，使我们知道宋以来平话、小说、戏曲的来源，以及现代民间流行的各种平民文学的来源。尤其是使我们知道白话文学的发展，在历史上有很久的根据，有很重要的意义。虽然所发见的，大都是些断简零编，也就很值得我们视为珍贵的了。

附记：

　　上文作完之后，约莫三个多月的光景，又看见郑振铎先生的"敦煌的俗文学"一文，登在《小说月报》二十卷第三号上。这是介绍敦煌发见的俗文学最详实而又最有见解的一篇文字，读者可参看。可惜我作文时不曾得着这篇文字作为参考材料，现在又来不及改动前稿了。

一九二九年"五卅"之后一日，展记。

# 九　敦煌俗文学的发见和
　　民间文艺的研究（下）

　　从敦煌石窟里发见了唐、五代的俗文学，我们才得看见千年前的民间文学之一鳞一爪；同时，还可以找出现代许多流行民间的文艺之来源。——这在上篇已经说过了。本篇则在专述现代的人对于现代民间文艺的研究。

　　中国人向来的所谓文学，是文人的，或是豢养文人的贵族的，差不多全和一般民众无甚关涉。不过被目为不文的一般平民，也自有属于他们的文学。例如上篇所述唐、五代的俗文学，便是唐、五代时候的平民文学。其实这种流行民间的文学，无论为文字记载的，为口头传述的，任在什么时代，只要有所谓文艺之一物的存在，总会有的。我们还可以说：口头传述的文学，先于文字记载的文学；民间传说的文学，先于文人创作的文学；韵语的文学，先于散文的文学。这虽是关于文学起源的话，也很可以帮助我们对于民间文艺的理解。一自有了文人创作的文学，成了君主贵族拿做摆架子的文学，民间文学才被号称为文人的、为阔人的所轻视，被压伏著伸不出头来。但人类在社会制度上虽曾有过种种阶级地位的分限，而在血肉心灵上却无分贵贱地各自有其嗜好艺术的天赋本能。所以贵族尽管有贵族的文学，平民也还自有平民的文学。不过平民的文学在另一种身分的人们看来，都是粗鄙的，不雅驯的东西罢了。中国最古的文学书，自然要推《诗经》。《诗经》里面的《国风》一部分，便是民间歌谣的记录。其《雅》《颂》一部分，则大半是君主贵族拿做摆架子的诗歌。我们从这里面可以看到中国平民文学和贵族文学最初的分野。从此以后，语言和文字日益分离，贵族摆架子的伎俩日益增进，文学的国土也就全在他们占领统治之下了。到了近代，被压迫的民众，渐渐要抬起头来。为了社会的进化，民众的需要，西洋文学的观摩，文学渐渐通俗化，文学上也就渐渐有走到平民化的倾向。于是一向被人轻视的民间文艺，才渐渐地引起了些民俗学者或文学家的注意。

近代的人对于民间文艺的研究，直到目前，也还只算得是一个发端。在这个发端的时期，其成绩最好，应得提笔先写的，便是关于歌谣的这一方面。说也奇怪，最先开始这一方面工作的人，却是外国人。一八九六年（光绪二十二年），驻京意大利使馆华文参赞卫太尔男爵（Boron Guido Vitale）搜集北京的歌谣一百七十首，成为《北京歌唱》（*Pekinese Rhymes*）一书，每首先列原文，次附英文注解，次附英文译本。他的《自叙》说：

> 我头一回公布北京童谣的集子，自信从这本书可以得到些个益处。
> 第一，得到别处不易见的字或短语。
> 第二，明白懂得中国人日常生活的状况和详情。
> 第三，觉得真的诗歌可以从中国平民的歌找出。……
> 有些人要反对我所说的真诗的星光可以从这本书找到。在那些与中国人的世界全隔绝的人们，这种意见自然是容易碰到的。有些个歌谣（不论比例起这书的全量有多么少）是朴实而且可感动人，在那些对于中国人的忧乐只有一点知识的人，也可看作为诗的。我也要引读者的注意

于这些歌谣所用的诗法。因为他们乃是不懂文言的不学的人所作的,现出一种与欧洲诸国相类的诗法,与意大利的诗几乎完全相合。根于这种歌谣和民族的感情,新的一种民族的诗,或者可以发生出来。……(据常惠译《〈北京歌唱〉序》)

他在三十多年之前,就能看出这些歌谣之中有真诗的星光,觉得真诗可以从中国平民的歌里找出;根于这种歌谣和民间的感情,新的一种民族的诗或者可以发生出来,这不能不说是他的一种卓识呀!接着一九〇〇年,美国何德兰(Head Land)女士搜集歌谣一百五十二首,辑为《孺子歌图》一书,原文之外,也译成英文,还附有很好的照片。据说译文多比原文明了优美,和日本平泽平七(H. Hirayawa)的《台湾之谣》的译文一样。

以下就要论述最近国人对于歌谣所得的成绩了。在未入正文之先,还得略述前人对于歌谣的态度及其贡献。

中国的书关于民俗歌谣的,除了最古的《国风》之外,实在不多。《古谣谚》一书似是歌谣的专书了,其实是从古书里面摘钞下来的,算不得真正的民间歌谣。各省府县志里面虽各略载当地歌谣,也是随手拈来的,大半陈陈相因,甚或任意删改,失去本来面目。间有几个别致的诗人,一时高兴,或采取民歌的音节,或节取民歌的语句意境,制为"竹枝词"一类的东西;也还有把歌谣录入诗话笔记中的,但都偶然得很。他如史书里面也或间录歌谣,则大抵视为谶纬占验一类的东西,即周作人的所谓"五行志派"(《读童谣大观》),真是迂谬得好笑。若像明季吕坤的《演小儿语》,有意删辑儿歌,附会一点身心义理之学上去，还算是他的大度。至像清代李调元的《粤风》、范寅的《越谚》，以及华广生的《白雪遗音》，这么样的书，就真是不可多得了。

一九一八年（民国七年）二月，北京大学设立歌谣征集处，由周作人、刘复、钱玄同、沈尹默、沈兼士分任其事。同时发布《征集全国近世歌谣简章》十条。其中规定材料之征集，用下列二法。

一、本校教职员学生各就闻见所及，自行搜集。

二、嘱托各省官厅转嘱各县学校或教育团体代为搜集。规定入选之歌谣，当具下列各项资格之一：

a. 有关一地方，一社会，或一时代之人情风俗，政教沿革者。

b. 寓意深远，有类格言者。

c. 征夫野老游女怨妇之辞，不涉淫亵，而自然成趣者。（按后来发行《歌谣周刊》，改订章程第四条寄稿人注意事项之四云："歌谣性质并无限制，即语涉迷信或猥亵者亦有研究之价值，当一并录寄，不必先由寄稿者加以甄择。"就是淫亵的歌谣亦在征集之列了。）

d. 童谣谶语，似解非解，而有天然之神韵者。

规定歌谣之来历，如下所限：

一、不知作者姓名，而自然通行于一社会，或一时代中者。

二、虽为个人著述然确已通行于一社会，或一时代中者。

规定寄稿人应行注意之事项，最重要者：

a. 方言成语，当加以解释。

b. 歌谣文俗，一仍其真，不可加以润饰。俗字俗语，亦不可改为官话。

c. 一地通行之俗字，为字书所不载者，当附注字音；能用罗马字或 Phoneties 尤佳。

d. 有其音，无其字者，当在其原处地位，书一空格如□，而以罗马字或 Phoneties 附注其音；并详注字义，以便考证。

e. 歌谣通行于某社会，某时代，当注明之。

f. 歌谣中有关于历史地理，或地方风物之辞句，当注明其所以。

g. 歌谣之有音节者，当附注音谱。（用中国工尺，日本简谱，或西洋五线谱均可。）

这个章程发布之后，原定民国八年六月三十日为征集截止期；九年十二月三十一日为编辑《中国近世歌谣汇编》《中国近世歌谣选粹》告竣期；十年北京大学二十五周纪念日为"汇编""进粹"两书出版期。后来各个预定的期间都挨过了，各项预定的工作却都没有完成。一九二二年（民国十一年），他们为了扩大搜集和研究的范围起见，就正式成立歌谣研究会。修改以前公布的简章，并发行《歌谣周刊》。其年十二月十七日，《歌谣周刊》出现了，由周作人、常惠二人担任编辑。三年之间，周刊出了九十六期，又增刊一期。后来因为要改成《国学周刊》，就停刊了。他们的成绩，除了周刊上面登载了一两百篇讨论、谈述、推究的文章（钟敬文挑选其中四十多篇，编为《歌谣论集》刊行），发表了两三千首歌谣以外，一共收集了歌谣谚语两万多首。还编了好几种丛书。计歌谣丛书八种：《吴歌集》（顾颉刚辑，甲集已出），《北京歌谣》（常惠），《河北歌谣》（刘经庵），《南阳歌谣》（白启明），《淮南民歌》（台静农），《山歌一千首》（常惠），《昆明歌谣》（孙少仙），《直隶歌谣》。又歌谣小丛书四种：《看见她》（董作宾，已出)，《北京谜语》《北京歇后语》《谚语选录》（常惠）。现在广州的国立中山大学、语言历史研究所、民俗学会，还在继续他们这种工作，也已经出了好几十种关于歌谣等等的书籍了。

其次，就要说到个人的这种工作。

一九一四年（民国三年），周作人曾在《绍兴县教育会月刊》上登过一个这样的启事："作人今欲采集儿歌童话，录为一编。以存越国土风之特色，为民俗研究，儿童教育之资料。即大人读之，如闻天籁，起怀旧之思，儿时钓游故地，风雨异时，朋侪之嬉戏，母姊之话言，犹景象宛在，颜色可亲，亦一乐也。兹事体繁重，非一人才力所能及，尚希当世方闻之士，举其所知，曲赐教益，得以有成，实为大幸。"但他这次征集儿歌之期，一年已满，一总只收到一件投稿，因为那时候实在没有几个人注意到这些东西，他只好自己动手搜集，共得儿歌两百首左右（《〈潮州畲歌集〉序》）。他随后还陆续发表了许多篇关于歌谣的文字，给从事歌谣搜集或研究的人一些理论上实际工作上有益的启示。他这种提倡之功，真不可没。顾颉刚于歌谣方面也费了不少的工力。他说："……老实说，我对于歌谣的本身并没有多大的兴趣，我的研究歌谣是有所为而为的：我想借此窥见民歌和儿歌的真相，知道历史上所谓童谣的性质究竟是怎样的；《诗经》上所载的诗篇是否有一部分确为民间流行的徒歌。关于下一问题，我已于《论〈诗经〉所录全为乐歌》一文中作一个约略的解答，就歌词的复沓，方面的铺张，乐曲的采集，民歌的保存上，说明《诗经》所录全为乐曲；又从典礼所用与非典礼所用的歌曲上，证明程大昌和顾炎武依据了《仪礼》所载的乐章而定诸国诗为徒歌的谬误。关于上一问题，我们可以知道历史上所谓应验的童谣，一半是有意的造作，一半是无意的误会。……我自己知道,我的研究文学的兴味远不及我的研究历史的兴味来得浓厚;我也不能在文学上有所主张,使得歌谣在文学的领土里占得他应有的地位。我只想把歌谣作我的历史的研究的辅助。"(《〈古史辨〉自序》)看他研究歌谣的出发点不在文学,而在历史,这算是研究歌谣的另一方法了。此外如刘复、常惠、钟敬文、魏建功、董作宾、林培庐、王礼锡……都于歌谣上各有其相当的贡献。有了这些人关于歌谣的搜集和研究,才渐渐惹起文学界对于民间文艺探讨的兴趣,这是他们的一种大功劳。

搜集或研究歌谣在文学上可以发生什么样的影响,或有什么样的效果呢?这个问题根据诸家的意见,可以分为下面几个答复:

一、可供创作新诗的参考。《北京歌唱》的编者卫太尔,以为根据在这些歌谣之上,一种新的民族的诗,也许能够产生出来,这在上面已经介绍过了。《歌谣周刊·发刊词》,则直云他们的目的,"不仅是在表彰现在隐藏着的光辉,还在引起将来的民族的诗的发展"。底下再举两家的意见。

> 胡适说:"近年来,国内颇有人搜集各地的歌谣,在报纸上发表的已很不少了。可惜至今还没有人用文学的眼光来选择一番,使那些真有文学意味的'风诗'特别显出来,供大家的赏玩,供诗人的吟咏取材。……现在白话诗起来了,然而做诗的人似乎还不曾晓得俗歌里有许多可以供我们取法的风格与方法,所以他们宁可学那不容易读又不容易懂的生硬文句,却不屑研究那自然流利的民歌风格。这个似乎是今日诗国的一桩缺陷罢。"(《北京的平民文学》)

周作人说:"……民歌与新诗的关系,或者有人怀疑,其实是很自然的,因为民歌的最强烈最有价值的特色,是他的真挚与诚信,这是艺术品的共通的精魂,于文艺趣味的养成,极是有益的。吉特生说:'民歌作者并不因职业上的理由而创作;他唱歌,因为他是不能不唱,而且有时候他还是不甚适于这个工作。但是他的作品,因为是真挚的做成的,所以有那一种感人的力,不但适合于同阶级,并且能感及较高文化的社会。'这个力便是最足供新诗的汲取的。……"(《自己的园地·歌谣》)

二、影响于文艺思潮。梁实秋虽然不甚满意于搜集歌谣的浪漫心理,至说现今从事搜集歌谣的人,似乎也正需要英国十八世纪的批评家珊斯通对于和他同时的纂《诗歌拾零》的波西的那种的劝告。但他以为搜集歌谣大有影响于文艺思潮,我认为这种观察是很对的。

他说:"……在最重词藻规律的时候,歌谣愈显得朴素活泼,可与当时作家一个新鲜的刺激。所以歌谣的采集,其自身的文学价值甚小,其影响及于文艺思潮者则甚大。……"(《现代中国文学之浪漫的趋势》)

三、可为各国文学上比较的研究。卫太尔以为北京的歌谣,现出一种与欧洲相类的诗法,与意大利的诗几乎完全相合,这在上面已经说过了。现在再举出一个俄国人的意见。

伊凤阁说:"……文学的研究范围甚为宽广,因歌谣有特别文学的价值,在欧西文学家和诗人常假歌谣题目和字句发表其意思。此外歌谣更有国际文学的比较价值,丛谈的价值,及历史的价值。然则又岂能只以中国版图及文化所及者而限之耶?近来欧洲研究丛谈,常见许多题目到处皆有,有时话亦相同,细经考查,知此项题目多半非出自本地,乃来自外方者。即如现在莫斯科有的歌谣,迄至迤北数千里地方,仍有此种歌谣,详细追究,知此题乃从俄国南部经希腊自小亚细亚方面传来,即莫斯科亦非发源地也。我们知道中国文学有许多传自印度者,渐至朝鲜、日本等处,然则歌谣亦文学之一,又岂能相异耶?……"(俄国伊凤阁《致北京大学歌谣研究会书》)

此外,我还以为从歌谣上可以找得出一点关于诗的变迁之痕迹,即是说,研究歌谣,可以供诗歌史研究的参考。例如《三百篇》里面何以大半是往复重沓的诗章?我们看到有些歌谣的词句也是往复重沓的,就可以帮助我们下一个解答了。例如有些歌谣的起头和下文是没有关系的,《诗经》、乐府里面亦多此种诗,我们可以从这里面懂得所谓"感兴诗"的意义,同时还可以懂得《诗经》、乐府与民间歌谣间的一点关系。例如"双关语"为歌谣中的一种很重要的表现法,而在乐府里面如《子夜歌》《读曲歌》,也不少双关语,我们可以知道这种诗歌所受民间歌谣的影响。其实汉魏六朝乐府里面,本收有不少的民间歌唱。总之:我以为研究诗歌史的人,同时研究歌谣,似乎是一种必要的工作。

歌谣不过是民间文艺的韵文方面之一种。即以韵文而论:尚有谜语、谚语、歇后语、各种唱本、小调、鼓词、弹词、佛曲、滩簧、戏文,等等。其在散文方面,则有神话、童话、传说、故事、笑话等等。在这个民间文艺研究的发端时期，韵文方面，歌谣一项，已于上面说过了。谜语一项，钱南扬著有《谜史》一书，可算是谜语研究上的一种重要工作。关于滩簧的研究，则不得不推徐傅霖首发其端。郑振铎虽然早曾注意到佛曲、弹词，但至今还未见他的研究结果发表。（关于以上二者，参看《中国文学研究》下册郑徐二氏之文。）关于谚语一项，我还只看见吴老头子（名獬，字凤孙，湖南临湘人。听说他因吴佩孚驻兵岳州时，派兵赍送钱物存问，为兵士吓死。）的一部《一法通》，全体有韵，搜集古今谣谚不少。这部书在岳州一带地方，比《增广昔时贤文》《千字文》《百家姓》等还要流行，可见他在一个地方民间的势力了。散文方面，侧重童话神话的，有赵景深（他于民间故事亦很有研究）、沈雁冰（玄珠）诸人；侧重传说故事的，有顾颉刚、林兰女士诸人；还有不拘韵文散文，曾侧重所谓"下等小说"的，则有刘复。顾颉刚《孟姜女故事研究集》第二册自序说："我的研究孟姜女故事，本出偶然，不是为了这方面的材料特别多，容易研究出结果来。至于现在得有许多材料，乃是为我提出了这个问题才透露出来的。这种民众的东西，一向为士大夫阶级所压伏，所以不去寻时，是无踪无影。但又因立国之久，地方之大，风俗之殊异，所以着手搜求时，便会觉得无穷无尽。无论什么人，只要有方法去做，便可得到很好的收获，初施耕种的土地，地力正厚咧。孟姜女在故事中还是次等的。（我五六岁时。已知有祝英台，但孟姜女到十余岁方知道。）费了年余功夫，已有了这些材料，而且未发现的怕尚有十倍二十倍。像观音、关帝、龙王、八仙、祝英台、诸葛亮……等等大故事，若去收集起来，真不知有多少的新发见。即如尖酸刻薄的故事，自从《徐文长故事》一书出版以来，大家才想起这类的故事是各处都有，而人名各不同的。所以浙江的徐文长，四川便是杨状元，南阳便是庞振坤，苏州便是诸福保，东莞便是古人中，海丰便是黄汉宗。……这类故事如果都有人去专门研究，分工合作，就可画出许多图表，勘定故事的流通区域，指出故事的演变法则，成就故事的大系统。我的孟姜女研究既供给了别的故事研究者以型式和比较材料，而别的故事研究者也同样地供给我，许多不能单独解决的问题都有解决之望了，岂非大快！"其实民间文艺范围以内的各种东西，材料都是丰富得很。口头传述的需要人采访纪录，文字纪载的需要人搜集整理，总之：这种文艺上的研究须得多数人分头工作的，何止故事一门？即以故事而论，就我所知道的，湖南方面流传的，例如关于婚姻的故事（这种故事，一部分是说巧妻拙夫的，即所谓呆女婿的故事；一部分是说婚姻论财的，即所谓"嫌贫爱富"的故事。），光棍的故事（一部分为讼师的故事，一部分是各地相传有名的光棍的故事，却不定关乎词讼的。这种有名的光棍，便是那地方的"徐文长"），乡里人的故事，书呆子的故事（湖南称为"书憨子"，这类故事不少。光棍的故事是属于人性智慧狡猾方面的，乡里人和书呆子的故事，是属于人性呆呆老实方面的。），兄弟分家的故事（都是说兄弟析产不均的果报。），为小失大的故事（都是说悭吝的富人遭了意外的大破费。）。此外还多得很，那一种不值得采访记录？不过现在的人对于这种研究已经发端，只要有人继续努力下去，二三十年之后，民间文艺研究的成绩将有惊人的进步，尤其是因研究民间文艺的结果，会要影响到整个的文学上的趋向，乃至影响于整个的文化问题，怕不是现在的我们所能想象得到的了。

附记：

上文不是有人说过根据于歌谣之上可以产生一种新的民族的诗吗？末了我不是还说过因研究民间文艺的结果会影响到整个的文学上的趋向吗？这在目前的中国，当然还只算是一种"预言"。今天从寿昌兄处拿得《乐群》月刊一卷二号，看见陈勺水译，西川勉著《日本的无产诗坛》，摘录一节于下，以为这种"预言"有征验之可能的一个例证。

  在一般无产诗派当中，想论一论民谣。近时民谣运动是很盛的。专门谈民谣的杂志，如像歌谣诗人等等，也出了好几种。做民谣的诗人也不在少数。但是从大体说来，所做的民谣多半是把古时的民谣和现在的俗歌混合而成的一类东西。此外也还有离开这种民谣运动，完全孤立的去做民谣，印行自作民谣集的诗人。这是实际从事农耕，饱尝农民痛苦的作者，用阶级的意识做出来的东西。如像中村孝助，就是其中的一个。他从前出了一本民谣集——《农民山歌》……本来民谣这种东西做成了之后，即刻可以在街头巷角唱起来的，所以他和民众有密接的关系；是很质朴的，有人性的，所以同时也就是庶民的，甚至于是有反叛性的。无产者在阶级斗争上，和无产文化上，将来恐怕要大大的重视民谣呢。无产派诗人应该要向这一方面努力才行呵！

一九二九年，"五卅"之后一日晨记。

# 十　文学革命运动（上）

这次文学革命运动的起来，几个先驱者的提倡之功固不可没，但若我们已经知道自甲午之役以来，诗界求新的倾向，新文体的发生，小说的发展，——文学上所受种种时代潮流的激荡，至少也可以知道这种运动的酝酿，已有二三十年之久了。罗家伦曾经推究它起来的原因，以为第一是由于经济生活的改变，第二是由于世界大战的影响，第三是由于国内政治的失望，第四是由于学术的接触渐近。又以为其最近发动之点不外两个：一、消极的——破坏的——是由于旧日文学的反动；二、积极的——建设的——是由于实际的动机。他以为国语文学的精神，就是"人生化"的精神。今后的新文学，应该是周作人所说的"人的文学"（《近代中国文学思想的变迁》）。他已是说的很透辟了。我也曾研究它的起因有四：一、文学发展上自然的趋势；二、外来文学的刺激；三、国语教育的需要；四、思想革命的影响（拙编《中国近代文学之变迁》）。稍与罗氏的意见不同。胡适、陈独秀同为文学革命的首倡者。胡适以为一千多年的白话文学种下了文学革命的种子。不过那一千多年的白话文学史，只有自然的演进，没有有意的革命。这次的文学革命足以当得起"革命"二字，正因为这是一种有意的主张，是一种人力的促进。他虽然还很重视先觉者的提倡，同时也很重视历史的演进的（《历史的文学观念论》和《白话文学史引子》）。陈独秀则云："常有人说白话文的局面是胡适之、陈独秀一班人闹出来的。其实这是我们的不虞之誉。中国近来产业发达，人口集中，白话文完全是应这个需要而发生而存在的。适之等若在三十年前提倡白话文，只需章行严一篇文章便驳得烟消灰灭。此时章行严的崇论宏议有谁肯听？"（《答适之——讨论科学与人生观》）他是注重于经济的背景的。本来从经济上去解释，可以说是追索到原因之原因，只可惜他说的太简略了。总之，各人的观点不必尽同，但是都足以证明这次文学革命运动的其来有自，不是一朝一夕之故所可发生，也不是一手一足之烈所能为力，这是无可疑的了。

这个运动发端于一九一五年（民国四年）而全盛于一九一九年"五四运动"以后。那时鼓吹文学革命，而以白话行文的定期刊物，遍于全国。有人统计这种刊物共有四百多种，而以《新青年》杂志为中坚。当时有一位"先生不知何许人也"的王敬轩，致书《新青年》记者，加以非难，说是："贵报大倡文学革命之论，权舆于二卷之末，三卷中乃大放厥词，几于无册无之，四卷一号更以白话行文，且用种种奇形怪状之钩挑以代圈点。"（《新青年》四卷三号）后来《新青年》一直刊行到第八卷，还是主张文学革命的刊物。那时为《新青年》这种主张而执笔的，除了陈独秀、胡适而外，就要算钱玄同、周作人、鲁迅、刘复、沈尹默几个人了。

文学上的革命，起初总是要求"文的形式"的解放——语言文字或文体的解放。三百年前，欧洲各国国语文学起来代替拉丁文学固如此。近几十年来，西洋诗界的革命亦如此。其在中国，一千一百多年以前，韩愈倡散文，去骈俪，起八代之衰，是如此；这次文学革命运动要求"国语的文学，文学的国语"，更是如此。说起"国语"二字，我们还得先为说及三十年来的

"国语运动"。一八九五年,正是甲午新败之后,一般人如大梦初醒,才知道人家所以富强的原因,是由于教育普及,而不单是船坚炮利胜人;教育之所以普及,却又是用拼音文字的便利。我国因文字这种工具太笨拙太繁重,以致教育只作畸形的发展,一般民智太低,而影响于国家的前途无振作之望。因之谭嗣同、梁启超等都曾倡过汉字改革之说。谭嗣同曾在他的《仁学》里,有废汉字的主张,这算是对着不适于现代的汉字放了第一炮。接着一八九八年,戊戌政变,引起了一班有志之士对于国事的关心。同时对于文字问题,也多讨论。如粤之王炳耀,闽之蔡锡勇,苏之沈学,还有其他的人,先后都倡改造文字之说。在《时务报》《万国公报》,发表了许多改造文字的文章,并且都曾草创拼音字母印行。一九〇四年(光绪三十年),直隶王照的《官话字母》出版。先是古文家吴汝纶曾把它带到日本去,在留学生中宣传,后来又带回北京,在兵营中宣传。不久,浙江劳乃宣更作《简字谱》,于一九〇七年在南京刊行。次年,进呈《简字谱》于光绪皇帝。官府也加入宣传。端方替他在南京方面宣传,袁世凯替他在直隶方面宣传,都设有简字学堂。劳氏更造出《京音谱》《吴音谱》《闽广音谱》等,势力大盛,几乎推行全国。因之他们又主张简字独立。这是国语运动的第一期。一九一二年,民国成立,教育部召集读音统一会,议定注音字母三十九个。一九一六年,教育部设立注音字母传习所。同年八月,北京成立中华民国国语研究会。一九一八年,教育部正式公布注音字母,同时设立国语统一筹备会。次年,重新颁定注音字母次序,《国音字典》出版,是为国语运动第二期。正在这个时候,文学革命运动——国语文学运动,已经风靡全国了。国语运动自然于无形之中推动了国语文学运动,替它增加了不少的声势。不过国语运动是"为教育的",是用国语为"开通民智"的工具；国语文学运动是"为文学的"，是用国语为"创造文学"的工具。前者是提倡白话，不废古文；后者是提倡白话文学，攻击古文为死文学。所以前者只可叫做文字改革运动，后者才是文学革命运动。只因文学革命运动，是从"文的形式方面"下手，要求语言文字或文体的解放，所以说文字改革运动也给文学革命运动增加了不少的助力。

这次文学革命所揭橥的宗旨维何？理论维何？方法维何？本来无须乎繁琐地申述的。为了追寻历史的线索之故，只好约述最初胡适、陈独秀二氏的主张。陈独秀主张的是"三大主义"。他说：

> 文学革命之气运，酝酿已非一日，其首举义旗之急先锋，则为吾友胡适。余甘冒全国学究之敌，高张文学革命军大旗，以为吾友之声援。旗上大书特书吾革命军三大主义：
> 曰，推倒雕琢的阿谀的贵族文学，建设平易的抒情的国民文学；
> 曰，推倒陈腐的铺张的古典文学，建设新鲜的立诚的写实文学；
> 曰，推倒迂晦的艰涩的山林文学，建设明了的通俗的社会文学。(《文学革命论》)

胡适主张的，最初还是消极的改良论，便是他的"八不主义"。

> 一曰须言之有物，

二曰不摹仿古人,
三曰须讲求文法,
四曰不作无病之呻吟,
五曰务去烂调套语,
六曰不用典,
七曰不讲对仗,
八曰不避俗字俗语。(《文学改良刍议》)

随后他又把这"八不主义"都改作了肯定的口气,总括为"四条主张"——一半消极一半积极的主张。

一、要有话说,方才说话。
二、有什么话,说什么话;话怎么说,就怎么说。
三、要说我自己的话,别说别人的话。
四、是什么时代的人,说什么时代的话。

再后,他便揭出"十个大字的宗旨":

国语的文学,文学的国语。

这才是他的建设新文学的唯一宗旨,也就是他的根本主张(《建设的文学革命论》)。——他们的这种主张,在目前看来,似是平淡无奇的了。但在当日,不啻向古旧的文坛施放一个像陈独秀说的"四十二生的大炮",引起国内学术界的震撼。有赞同的,有反对的,舆论纷腾,群疑莫释。其时反对方面,首先出面非难而又惹人注目的,就要算古文家林纾了。

林纾有致蔡元培一篇长函，反对北京大学教授陈独秀、胡适一派的文学革命运动，遍登于京、沪著名报纸，是为文学上新旧派正式冲突的序幕。函中略云：

……大学为全国师表，五常之所系属。近者外间谣诼纷集，我公必有所闻，即弟亦不无疑信，或且有恶乎阘茸之徒，因生过激之论。不知救世之道，必度人所能行；补偏之言，必使人以可信。若尽反常轨，侈为不经之谈，则毒粥既陈，旁有烂肠之鼠；明燎宵举，下有聚死之虫。何者？趋甘就热，不中其度，则未有不毙者。方今人心丧敝，已在无可救挽之时。更侈奇创之谈，用以哗众，少年多半失学，利其便己，未有不麋沸麕至而附和之者，而中国之命如属丝矣！晚清之末造，慨世者恒曰去科举，停资格，废八股，斩豚尾，复天足，逐满人，扑专制，整军备，则中国必强。今百凡皆遂矣，强又安在？于是更进一解，必覆孔孟，铲伦常为快。……外国不知孔孟，然崇仁仗义矢信尚智守礼，五常之道未尝悖也，而又济之以勇。弟不解西文，积十九年之笔述，成译著一百二十三种，都一千二百万言，实未见其中有违忤五常之语。何时贤乃有此叛亲蔑伦之论？此其得诸西人乎？抑别有所受耶？……弟年垂七十，富贵功名，前三十年视若弃灰，今笃老尚抱守残阙，至□不易其操。前年梁任公倡马班革命之说。弟闻之失笑。任公非劣，何为作此媚世之言？马班之书读者几人？殆不革而自革，何劳任公费此神力？若云死文字有碍生学术，则科学不用古文，古文亦无碍科学。英之迭更累斥希腊、拉丁、罗马之文为死物，而至今仍存者，迭更虽负盛名，固不能用私心以蔑古。矧吾国尚有何人如迭更者耶？……且天下唯有真学术真道德始足独树一帜，使人景从。若尽废古书，行用土语为文学，则都下引车卖浆之徒所操之语，按之皆合文法，不类闽、粤为无文法之啁啾。据此则凡京津之稗贩均可用为教授矣，若《水浒》《红楼》皆为白话之圣，并足为教科之书。不知《水浒》中辞吻多采岳珂之《金陀粹编》，《红楼》亦不止为一人手笔。作者均博极群书之人，总之非读破万卷不能为古文，亦并不能为白话。……

他这函中责难新派，不外两点：第一是"废孔孟，铲伦常"；第二是"尽废古书，行用土语为文学"。蔡元培覆书，深致驳诘，对于第一点，甲、北京大学教员曾有以"废孔孟，铲伦常"教授学生者乎？乙、北京大学教授曾有于学校以外发表其"废孔孟，铲伦常"之言论者乎？对于第二点，甲、北京大学是否已尽废古文而专用白话？乙、白话是否果能达古书之义？丙、大学少数教员所提倡之白话的文学，是否与引车卖浆者所操之语相等？原文很长，不便征引。同时林纾还做了好几篇小说，如《荆生》《妖梦》之类，痛骂北京大学的人，登在《新申报》上。先是林纾还曾作过《论古文之不当废》一文，说是"知拉丁之不可废，则马、班、韩、柳亦自有其不宜废者。吾识其理，乃不能道其所以然，此则嗜古者之痼也！"没有说出什么道理来，也没有多人理会。后来又作《论古文白话之相消长》，略云：

……康、乾之盛，文人辈出，亦关气运而然。道、咸以下，即寥寥矣。间有提倡者，才力亦薄。病在脱去八股而就古文，拘局如裹足之妇，一旦授以圆履，终欠自如。

然犹知有古文之一道。至白话一兴，则喧天之闹，人人争撤古文之席，而代以白话。其始但行白话报，忆庚子客杭州，林万里、汪叔明创为《白话日报》，余为作白话道情，颇风行一时。已而余匆匆入都，此报遂停。沪上亦间有为白话相诘难者。从未闻尽弃古文，行以白话者。今官文书及往来函札，何尝尽用古文？一谈古文，则人人瞠目。此古文一道，已属声消烬灭之秋，何必再用革除之力？其曰废古文用白话者，亦正不知所谓古文也。但闻人言韩愈为古文大家则骂之，此亦韩愈之报应。何以言之？《楞严》《华严》之奇妙，而文公并不寓目。大呼跳叫，以铙钹钟鼓为佛，而《楞严》《华严》之妙处，一不之管，一味痛骂为快。于是遂有此泯泯纷纷者，尾逐昌黎，骂之于千载之后。盖白话家之不知韩，尤韩之不知佛也。然今日斥白话家为不通，而白话家决不之服。明知口众我寡，不必再辩。且古文一道，曲高而和少，宜宗白话者之不能知也。……吾辈已老，不能为正其非，悠悠百年，自有能辨之者。请诸君拭目俟之。

他在这篇文章里，也没有说出什么大道理，但他对于白话文已经要弃去攻击的态度而改用容忍的态度了。他说："口众我寡，不必再辩。"又说："吾辈已老，不能为正其非，悠悠百年，自有能辨之者。"这只成了古文家的最后之哀音了。

严复、林纾都可以说是这个时期古文家中负有盛名的大老。林纾以为古文不宜废，严复则是早已相信古文不会亡的。或说："三十年以往，吾国之古文辞，殆无嗣音者矣！"他说："学之事万涂，而大异存乎术鹄。鹄者何？以得之为至娱，而无暇外慕，是为己者也，相忻无穷者也。术者何？假其涂以有求，求得则辄弃,是为人者也,本非所贵者也。若夫古之治文辞而遂至于其极者,可以见已。岂非意有所愤懑,以为必待是而后有以自通者欤!非与古为人,冥然独往,而不关世之所向背者欤!非神来词会,卓著有立,虽无所得,乃以为至得者欤!"他又以为"物之存亡系乎精气,非人之能为存亡""古文不亡于向之括帖讲章,则后之必有存,固可决也。"(《〈涵芬楼古今文钞〉序》)这是严氏的古文不亡论。但他后来在林纾、蔡元培争辩的时候,却守沉默,仅于书札中略述所怀。他说:

>北京大学陈、胡诸教员主张文言合一,在京久已闻之;彼之为此,意谓西国然也。不知西国为此,乃以语言合之文字;而彼则反是,以文字合之语言。今夫文字语言之所以为优美者,以其名辞富有,著之手口,有以导达奥妙精深之理想,状写奇异美丽之物态耳。如刘勰云:"情在词外曰隐,状溢目前曰秀。"梅圣俞云:"含不尽之意,见于言外;状难写之景,如在目前。"又沈隐侯云:"相如工为形似之言,二班长于情理之说。"今试问欲为此者,将于文言求之乎?抑于白话求之乎?诗之善述情者,无若杜子美之《北征》,能状物者,无若韩吏部之《南山》。设用白话,则高者不过《水浒》《红楼》,下者将同戏曲中之簧皮脚本。就令以此教育,易于普及,而遗弃周鼎,宝此康瓠,正无如退化何耳。须知此事全属天演。革命时代,学说万千;然而施之人间,优者自存,劣者自败;虽千陈独秀,万胡适、钱玄同,岂能劫持其柄?则亦如春鸟秋虫,听其自鸣自止可耳。林琴南辈与之较论,亦可笑也。(《严几道书札》六十四,《学衡》二十期。)

他以为白话不能为文学,即用白话以普及教育,亦为退化。他相信天演之理,优胜劣败,竟因此断定虽千陈独秀万胡适、钱玄同亦无能为力,这是他的文学上的天演观。他笑林纾出头辩论为多事。他自己的态度只是容忍的态度。林、严两人对于文学革命的观察不同,所以他们的态度也不同,不过他们最后的态度也就颇近于一致了。因此文学革命的反对论者,已经不是林、严,却另有人在。这便是所谓"学衡派"了。

《学衡》杂志出版于民国十一年,断断续续,直到现在还似乎存在。其中坚人物为吴宓、胡先骕诸人。他们的宗旨,自述是"论究学术,阐求真理。昌明国粹,融化新知。以中正之眼光,行批评之职事。无偏无党,不激不随"。但他们对于新文化运动,文学革命运动,是常常加以抨击的。最初胡先骕曾作《中国文学改良论》,登在《东方杂志》,开端便说:

> 自陈独秀、胡适之创中国文学革命之说……风靡一时。……而盲从者,方为彼等外国毕业及哲学博士等头衔所震,遂以为所言者在在合理,而视中国文学果皆陈腐卑下不足取,而不惜尽情推翻之。……彼故作堆砌艰深之文者,固以艰深文其浅陋,而此等文学革命家则以浅陋文其浅陋,均一失也。而前者尚有先哲之规模,非后者毫无文学之价值者所可比焉。某不佞,亦曾留学外国,寝馈于英国文学,略知世界文学之源流,素怀文学改良之志。且与胡适之君之意见多所符合。独不敢为卤莽灭裂之举,而以白话推倒文言耳。……

文学革命论者主张推翻文言,全用白话;他却是纯然文学改良论者，主张仍在文言范围以内改良。这是两派不同的所在。至对于旧文学有所不满，而别有所主张，却是相同的。不过前者既倡于几个由海外归来的留学生，而后者也是出自一个寝馈于外国文学之留学生，很足为旧派文学者张目，那是自然的了。

文学革命论者既主张用白话创造新文学，究竟白话是否即系引车卖浆之徒所操的口语？白话的标准怎样？这自然成了问题。据当时胡适的解释，白话的意义有三：

一是戏台说白的"白"，就是说得出，听得懂的话。

二是清白的"白"，就是不加粉饰的话。

三是明白的"白"，就是明白晓畅的话。

用这样的白话创造新文学，文学改良论者还是要认为"卤莽灭裂"。所以当胡适的《尝试集》出现——也便是从文学革命运动以来第一部白话诗集的出现，很引起了不少的反对方面的讥评。其实《尝试集》的真价值，不在建立新诗的轨范，不在与人以陶醉于其欣赏里的快感，而在与人以放胆创造的勇气。尽管你说它是"微末之生存"，而"微末之生存不啻已死"，但他对于"文学革命""诗体解放"的提倡，和他那种"前空千古，下开百世"的先驱者的精神，是不会在一时反对者的舌锋笔锋之下而死灭的。胡先骕曾为《评〈尝试集〉》一文，差不多费去一月之力，作成两万几千字的长篇论难（《学衡》第一期至第二期）。这可以说是文学革命者自林纾而外所遇之又一劲敌。他这篇长文凡八章：一、绪言，二、《尝试集》诗之性质，三、声调格律音韵与诗之关系，四、文言白话用典与诗之关系，五、诗之模仿与创造，六、古学派浪漫派之艺术观与其优劣，七、中国诗进化之程序及其精神，八、《尝试集》之价值及其效用。其中以第七章系他对于中国诗坛之过去的观察，及其将来的推测，这是他的根本主张所在，颇为重要。现在我可不惮烦地把它摘录于下：

……今试考中国四千年间之诗，按其性质，分为四大期。……第一时期始自唐、虞，终于周末。此时期之诗发源于歌谣，大体为四言，技术极其简陋，喜用比兴与重言，每每数章之诗，意义相似，仅易数字而已。此时期虽始于唐、虞，然唐、虞、夏、商之诗为数极寡，至周初始盛。实则谓此时期仅包括有周一代亦可，此孔子所以美周之文也。此时期之诗亦有工拙之别。……其精神一方面最足引人注意者，则所述者尽属人事，既无希腊之述神话诗，复无乔塞之咏英雄诗，写景观念，亦极不发达。诗歌内容，无外乎家室廊庙，起居日用，礼乐刑政，以及祀神述祖之事。其所表现者，纯为人文主义，初无一毫浪漫主义羼杂其间，此亦中国古代文明迥异其他文明者也。至屈原出，始创《离骚》，以忠君爱国之忱，一寓于香草美人之什；既破除四言之轨律，复尽变人文主义之精神；秉楚人好鬼之遗风，遂开诗中超自然之法门，虽一时之影响不大，未能开一时期；然中国诗之浪漫主义已伏根于此矣。第二时期始于西汉，迄于陈、隋，其形式上之改革，厥为五言之代四言也。……其技术则一方面固较周、秦为优，一方面乃较唐人为劣。句喜排偶，然每每多芜词。……其状景物也，但能语其大略，而不能精刻入微。……此时期尤有一习气，即拟古是。……且不但模拟诗题，甚且袭用句法，读之令人生厌。独陶、阮、谢三公以振奇之姿，不傍门户，别开支派，然数百年间之趋向，自可见也。此时期大可称之为古学主义时代，以其尚模拟也。……第三时期始盛唐，迄于五代。其特性在形式上则为七古与律诗大兴，技术上则章法句法较第二期为谨严。一篇之中少累句，一句之中少芜辞。不尚模仿古人，要能各立门户。赓作乐府之习渐衰，因事命题之作大盛。以杜工部一人之作而论，则舍七绝外，几于无体不佳。写景，叙事，抒情，述志，清新，沈雄，瘦硬，婉约，无美不具，开后人无数法门，为千余年中国诗之星宿海。日人以之拟弥尔敦，恐弥尔敦之于英诗之影响，远不及杜诗之于中国诗影响之大。此外则与杜相鼓吹者，前有王右丞、孟襄阳，后有李太白、高常侍、岑嘉州，于是盛唐之诗，遂开示中国历史上未有之光荣。……第四时期（自宋元祐至宋末），此期之诗之性质，厥为用字，造句，立意，遣辞，务以新颖曲折为尚。唐人之美往往为自然的，宋人之美则为人为的。唐人仅知造句，宋人务求用字。唐人之美在貌，宋人之美在骨。唐人尽有疏处，宋人则每字每句皆有职责，真能悬之国门，不易一字也。唐诗视汉、魏、六朝之诗技术固较工，宋诗则较唐人尤工。唐人尚有拙处，宋人则绝无拙处，有时反以过工为病。唐诗音调谐婉，宋诗则过取生涩。……唐诗之味如鸡鸭鱼肉，美则美矣，日饫之，或有厌倦之意。宋诗则如海鲜，如荔枝、凤梨，如万寿果，如鳄梨，其风味之隽永，一甘之即不忍或舍也。在欧洲文学中，厥为法人之文恍惚似之耳。自此以降，元人虽对于宋人之过于生涩叉牙处，有所纠正，然无特种之更张。明人则误在模仿唐人之面目，遂蒙画虎类犬之诮。清初诗人亦步趋唐人，除一二人外，未能别开蹊径。清末郑子尹、陈伯严、郑太夷虽能各开一派，然不能自异于宋人。日后之发展不可知，在今日观之，中国诗之技术，恐百尺竿头，断难更进一步也。或者宋诗已穷正变之极，乃不得不别拓疆域以开宋词元曲乎？

总而论之：中国之诗，曾经上文列举四种之阶级，而进于技术完美之域。至于内容，则自然之美，人情之隐，以及经史百家道藏内典所含蕴之哲理，宋人亦咸能入诗。清人且用诗为考据之用矣。在旧文化中，恐更难有拓殖之余地也。曰：然则中国诗将故步自封，长此终古乎。曰：是不然，美术与思想相应者也。美术为工具，思想文化为实质。周诗仅限于人事者，周人之思想文化之仅限于人事有以使之也。魏、晋之时，老、庄之学大盛，其诗亦被有老、庄之色泽矣。下逮于唐，佛学大兴，而唐人之诗遂呈佛学之色彩。其时复以诗赋取士，故诗极工。然经史百家之学非所尚，教唐人之诗韵味醇而理致少。至于宋，则研几经史者众，古文既承韩、柳之绪余而大振，理学亦以渐而兴。为诗者不但为诗人，而兼为硕学之耆宿，遂能熔经铸史以入诗。固之诗亦倍有理致。阿诺德之评十九世纪初年之诗，以为隽才辈出，而成效不能如人所期者，由于实质不足之故。以曾受新式教育之人，而观中国之旧诗，亦必具有同等之感想。故清末之郑子尹、陈伯严、郑苏盦不得不谓为诗中射雕手也，然以曾受西方教育深知西方文化之内容者观之，终觉其理致不足，此时代使然，初非此数诗人思力薄弱也。亦犹摆伦、协黎、咸至威斯之诗不足餍阿诺德之望也。他日中国哲学、科学、政治、经济、社会、历史、艺术等学术逐渐发达，一方面新文化既已输入，一方面旧文化复加发扬，则实质日充，苟有一二大诗人出，以美好之工具修饰之，自不难为中国诗开一新纪元，宁须故步自封耶？然又不必以实质之不充，遂并历代几经改善之工具而弃之也。

他从中国诗的进化的程序上观察，以为中国诗的技术，恐百尺竿头，断难再进一步，所以他认定中国诗的将来，只在运用旧的工具，旧的技术，熔铸新的实质便不难为中国诗开一新纪元。这是他的诗歌改良论，和他的文学改良论一贯。因此他于新兴的白话诗，突破因袭的传统的重围，主张诗体大解放，打破一切束缚自由的枷锁镣梏，就不会加以恕辞了。还有吴宓论诗，正和他同调。吴氏说：

> 作诗之法，须以新材料入旧格律。即仍用古近各体，而旧有之平仄音韵之律，以及他种艺术规矩，……不可更张废弃。旧日诗格，律绝稍嫌板滞，然亦视才人之运用如何，诗格不能困人也。至古诗及歌行等，变化随意，本无限制。……今日旧诗所以为世诟病者，非由格律之束缚，实由材料之缺乏。即作者不能以今时今地之闻见事物思想感情写入其诗，而但以久经前人道过之语意，陈陈相因，反复填塞，宜乎令人生厌。而文学创造家之责任，须能写今时今地之闻见事物思想感情，然又必深通历来相传之文章之规矩。写出之后，能成为优美锻炼之艺术。易言之，即新材料与旧格律也。……例如杜工部所用之格律，乃前世之遗传，并世之所同。然王、杨、卢、骆只知蹈袭齐、梁之材料，除写花写景写美人写游乐以外，其诗中绝少他物。杜工部则能以国乱世变，全国君臣兵民以及己身之遭遇，政治、军事、社会、学艺、美术诸端，均纳入诗中，此其所以为吾国第一诗人也。
> 
> 今欲改良吾国之诗，宜以杜工部为师，而熔铸新材料以入旧格律。所谓新材料者，即为五大洲之山川风土，国情民俗；泰西三千年来之学术、文艺、典章、制度、宗

教、哲理、史地、法政、科学等之书籍理论；亘古以还，名家之著述，英雄之事业，儿女之艳史幽恨，奇迹异闻；自极大以至极小，靡不可以入吾诗也。又吾国近三十年国家社会种种变迁，枢府之掌故，各省之情形，人民之痛苦流离，军阀、政客、学生、商人之行事，以及学术文艺之更张兴衰；再就作者一身一家之所经历感受，形形色色，纷纭万象。合而观之，汪洋浩瀚，取用不竭，何今之诗人不能利用之耶？即如杜工部由陇入蜀，几于每至一地皆有诗。吾国留学欧、美者千百人，有能著成一集，详述其所闻见者乎？虽有之，吾殊未多见也。

他这种主张，比较二十年以前黄遵宪、梁启超诸人倡导的新派诗，和诗界革命之说，进步了不许多。他忽视了唐代诗人所用的格律，有很多是自己创造出来的，并非完全因袭前代。何以一定要今人因袭前代，或者只以杜工部为师？他很慨叹于出洋学生不能以新材料入旧格律为诗，自然那些留学欧、美的人，对于这个也是一件应得自觉歉然的事，但旧形式不好装进新内容，新的酒是应该装在新的皮袋里的，怕也是他们可以藉此稍自宽假的一种遁辞罢。又有李思纯论诗，也是反对白话新体诗的。但他的见解较之胡、吴两氏又有不同。惟有他可以说是极端的新体诗的否定论者。他说：

窃以文学所本，在于文字。吾国旧诗之所以有平仄音律五七言，盖本于汉字之特质而来。今苟有人提议废汉字，而用拼音文字，且于此拼音文字之下，更为拼音文字式之诗，则吾决不作一语以反对之。若夫在单音独体之汉字下，而强用之以造作拼音文字式之诗，则其去常识已远。夫以蚕丝为原质而织之则成锦锻，以牛羊毛为原质而织之则成呢绒。其所以相异者，非织机之不同，工役之不同，而原质之不同也。今以蚕丝为原质而欲织成呢绒，与以单音独体文字为原质而欲成拼音文字式之诗，吾诚不能知其所异者何在。故鄙意于章太炎氏之大讲说文，高标汉、魏，极为赞同；于黎锦熙、钱玄同之痛骂汉字，别造拼音，亦极赞同。而所期期不敢赞同者，即此辈委蛇迁就，于蚕丝下求呢绒，于牛羊毛下求锦缎之人。盖以其去常识太远耳。……章太炎先生曰："日本佛教徒之奉真宗者，食肉娶妻而自称和尚，犹今之为新诗者，废音律规则而自称为诗。"鄙意向来和尚二字之定义，本不包食肉娶妻之人。今彼辈必欲扩大和尚二字之定义，而将食肉娶妻之人，一并包括在内，则亦无可如何。此等事本不犯法，人人可任意为之，充其所至，无非渐渐将不食肉不娶妻者，消灭净尽，而使和尚二字之原意不明而已。……

纯观于广东人唱京调之不能审谭味，与北京人唱粤讴之不能字正腔圆，乃知东方黄面孔人之攻西洋文学，与西方高鼻人之攻中国词章，斯果天下之至愚不灵者矣！纯居巴黎三年，法之治中国学者。其攻中国之事物凡两途：其一探讨古物，而为古物学之搜求，其一探讨政制礼俗，而为社会学之搜求；然决未闻有专咀唐诗宋词以求其神味者。此无他，彼非鄙唐诗宋词为不足道，彼实深知文学为物，有赖于民族之环境遗传者至深，非可一蹴而几也。……昨与陈寅恪君谈。陈君亦云："机械物质之学，顷刻可几者也。哲学文学音乐美术则精神之学，育于环境，本于遗传，斯即吾国之所谓礼乐是也。礼乐百年而后兴。"纯窃味乎其言，非欲阻国人以勿治西洋文学，但欲求吾国

"出版新诗一册"之文学家宜审世事之艰难耳。(《与友人论新诗书》,《学衡》十九期)

他以为"在单音独体之汉字下,而强用之以造作拼音文字式之诗,去常识太远",又以为"东方黄面孔人之攻西洋文学,与西洋高鼻之攻中国词章,为天下之至愚不灵"。直捷言之,他是极端反对白话诗摹仿西洋诗的。现在我还要介绍古调独弹的章炳麟的论白话诗了。

诗之有韵,古无所变。惟《周颂》有数首似无韵者,则以古诗用韵错综无定,其排列不尽同今人。以孔氏《诗声类》法求之,仍非无韵也。来书疑仆所论,只问形式,不论精神。夫文辞之体甚多,而形式各异;非求之形式,则彼此无以为辨;形式已定,乃问其精神耳,非能脱然于形式外也。仆所谓形式者,亦只以有韵无韵为界。若夫属句长短不齐,则乐府已然,所不论已。来书言女子不著裙,不失为女子;诗无韵,亦不失为诗。所引非其例。女子自然之物,不以著裙得名;诗乃人造之物,正以有韵得名,不可相喻。来书又疑《百家姓》等虽有韵,不得为诗。不知以狭义言,诗之名,则限于古今体诗,旁及赋与词曲而止耳。以广义言,凡有韵者皆诗之流,箴诔哀词,悉入诗类。《百家姓》者昉于宋人《姓氏急就篇》,其源则史游《急就篇》开之。胪列事物,比而成句;编排各句,合而成韵。《百家姓》然,医方歌括亦然。以工拙论,诗人或不为,以体裁论,亦不得谓非诗之流也。若夫无韵之作,仆非故欲摧折之,只以诗本旧名,当用旧式。若改作新武,自可别造新名,如日本有和歌、俳句二体。

和歌者彼土之诗也。俳句者彼土之燕语也。缘情体物亦自不殊，而有韵无韵则异，其称名亦别矣。中国古无无韵之诗，有之自胡人史思明始。思明得樱桃，未知诗而欲作诗。乃曰樱桃一篮子，一半青，一半黄，一半与怀王（思明之子），一半与周贽（思明用事之臣）。人曰，何不以怀王、周贽上下易之，则成韵矣？思明大怒曰，岂可使周贽居我儿上耶！此事相传，以为笑柄。今若以无韵诗家之说评之，则思明乃不误，而笑之者真误也。然乎，否乎？必谓依韵成章，束缚情性，不得自如，故厌而去之。则不知樵歌小曲，亦无不有韵者，此正触口而去，何尝自寻束缚耶？绝句不过二三韵，近体不过四五韵，古体语虽烦复，用韵转换，亦得自由。惟词之用韵稍多，而小令亦只数语，绝无束缚情性之事。若并此厌之，无妨如日本人之称俳句。若不被用日本名词，无妨称为燕语，不当以新式强合旧名，如史思明之所为也。苟取欧美偶有之事为例，此亦欧美人之纰漏耳，何足法哉？（《答曹聚仁论白话诗》，《华国月刊》一卷四期。）

章先生不曾发表过反对白话文学的负责的言论，便在这篇短论里，也不曾明白反对用白话作诗。但是他坚持"诗必有韵"之说，以为"诗之有韵，古今无所变"。因此他承认《百家姓》医方歌括以体裁论，亦不得谓非诗之流"，却不承认无韵的白话诗——自由诗是诗这就未免太偏重形式，太偏重体裁了！

综观上述诸人反对白话新体诗的重要的意见，不外下列四点：

一、白话不能为诗。

二、白话诗打破旧诗一切规律，不能算诗。

三、单音独体的汉字不能创造拼音文字式的诗。——摹仿西洋诗的白话诗，根本不能成立。

四、不承认无韵的白话诗——自由诗是诗。

这都是做白话体诗的，要求语言文字的大解放，诗体的大解放，必得引起的一些反响。因为用白话作小说戏剧，似乎已经看惯了一些，忽然要用白话作诗，又要打破旧诗的一切规律，而且体制、排列、句读，大都摹仿西洋诗，比较就很难入眼的了。所以在文学革命运动中最引起非难的就是白话新体诗。尽管白话诗集像春葩怒发一般的继《尝试集》而出现，解释新诗运动的文章，如胡适的《谈新诗》《〈尝试集〉自序》那样详尽坚实，而反对论者的笔锋却不因之稍停。直到目前中国的诗坛无论新的旧的都显示沉寂了，这种反对论者才寂然无声了。现在我要借用那时候田汉氏评论新体诗的一段文章引在这里，暂时结束这个问题。

"欲歌劳动家的雄大，不可不求之欧洲残废的诗形以外。因为欧洲的诗人是以希腊半神及中世纪武士为英雄的。……欲表现新世界新想念新事物，何必要假借旧世界的旧形式呢？"于是惠特曼乃有不定形不押韵的诗歌出现。

我国自从《新青年》上改用口语，倡文学革命以来，新体诗也同时出现，"把自己的主观，客观的事物，自然的真实的写出来"。最初很受一班社会上的搏击，说他"诗不成诗，文不成文"。这又何异于惠特曼的《草叶》出世的时候，人家都讥他是"野蛮人的文字""泥醉者的歌言"呢？王阳明先生有句话说："要不求异于人，而求同于理。"新体诗的出现本是自然的趋势。胡适之先生就中国文学趋势上有很详确的说明，我就外国文学趋势上略说一番罢。

欧洲近世文学大概可分为四时代，就是：一、拟古主义时代（Classism），二、传奇主义时代（Romantioim），三、写实主义时代（Realism），四、取象主义时代（Symbolism）。当然要论诗歌也可以取这种论法。古时候一讲诗歌，就联想到"合平仄""押韵"。不独中国有许多约束，做诗的人不可不遵之惟谨，西洋诗也是一样的规则很多。欧洲十七世纪的时候，法兰西有一个拟古派的诗人叫做波亚罗（Boileau），做了一本书叫做《作诗法》（*Art Poetique*），就专讲这些规矩，像要用索子来捆天下的诗人，受其毒的不独法兰西，就是英国著名的 Dryden Pope，都是他的私淑弟子。到了"传奇""写实"两时代的诗人手里，还不能十分突破他的藩篱。直到近代取象主义抬头的时代，同时有一位法兰西大诗人叫做威乃侬（Verlaine）的，——取象主义诗人之翘楚——做了一本《作诗法》，故意也用波亚罗的书名叫做 *Art Poetipue*，这本书就像取象诗派的纲领宣言书，破弃从来一切的规约与诗形，自辟新领土，倡所谓"不定形的诗"（Vers amorphes）、"自由诗"（Vers libre）。于是乎天下从风，现代的新诗人都高唱《诗的解放》（Poetic Emancipation）胜利。威乃侬死后，目为取象派泰斗的吕纽乃至断言"只要诗的律吕一谐，拼音的数可以不管"。……本来法国"自由诗"之起，虽是直接由意大利输入来的，而其传播之速，势力之大，就是因为现代事象之繁复，不是腐旧的诗形所能包容；现代诗人内部生命之丰富，也不是腐旧的诗形所能表现；其结果，非至于打破一定的韵律与诗形不可。所以威乃侬著《作诗法》痛恨那般"高踏派"——Le Parnasse Gontem F' oin 诗派的同人——过重韵律之弊。中国现今"新生"时代的诗形,正是合于世界的潮流,文学进化的气运。中国的"高蹈派"先生尚要主张法兰西十八世纪当时的陋见,就免不了威乃侬的骂。……(田汉《文艺论集·惠特曼的百年祭》一文中《惠特曼的自由诗与中国的 Renaissance》之一节)

# 十一　文学革命运动（下）

自林纾以至学衡派，乃至章炳麟，他们对于"文学革命"的态度，以及他们最近对于文学的主张，上面已经略略说过了。现在接述章士钊的反新文化运动，反文学革命运动。

我们要说起这二十年来的"政论文学"，总不会忘记章士钊的《甲寅》杂志，同样，我们要说起这十年来文学革命者的最后之劲敌，就该不会忘记章士钊的《甲寅》周刊。他这个刊物发行于一九二四年（民国十三年），恰在段执政时代，他正在做司法总长兼教育总长。看他自述宗旨：

> ……愚之《甲寅》，半是阐发个性。作者虽行能无似，而稍擅文辞，兼通治理，好预世故，出入群伦。其所行事，期于无甚不可告人之处。而又笃信近世心解诸学，意在表暴人类之弱点。无人无己，俱使自镜；然后冶为同德，尽人可由。丁斯世也，当然有一部分心思者好希望感情丛焉寄之，使之代主坫坛，与世共见；用是范作中心，成为文汇。令天下相同相类甚且相反之情之意之志，一人自状，百人同证，以质以剂，以循以环，人人了然于一时风会之所共趋，因革损益之所宜出，是非大之有裨于世道人心，而小之文人所当满意踌躇之胜事乎？……（《诬府》）

他说："丁斯世也,当然有一部分心思耆好希望感情丛焉寄之,使之代主坛坫。"究竟这一部分人是些什么样子的人呢？都是反新文化运动的,反新文学运动的。他是这一部分人的代表。这个刊物便是这一部分人的喉舌。你看了这个刊物里面的文章,就可以看见他们的声气之广。他说：

《甲寅》中兴,人以反动之时期将至,有色然喜者,有瞿然忧者,有相惊以伯有者,有防之如猛兽者,百感杂陈,嚣然尘上。吾国自有言论机关以来,论域至明,关系至大,正负两军,各不相让,笔锋所至,真感环焉,如吾《甲寅》今日所包举之论战者,末之前闻也。……（《答适之》）

你可以想见他的影响之大。自有新文化运动,文学革命运动以来,将近十年了,这种新的势力已经植基甚深,不可动摇。他们适于其时倡反对之论,这是很可注意的。章士钊说：

……今之束发小生,握笔登先,名流巨公,易节恐后。诗家成林,作品满街。家家自命为施、曹。人人自诩为易、莫。风流文采,盛极一时。何莫非至易至美两性同具之新发明,导之至此！呜呼！以鄙倍妄为之笔,窃高文美艺之名；以就下走圹之狂,骧载道行远之业；所谓俗恶俊异,世疵文雅。文欤？化欤？愚窃以为欲进而反退,求文而得野。陷青年于大阱,颓国本于无形。甚矣运动方式之误,流毒乃若是也！……（《评新文化运动》）

又说：

>……自白话文体盛行而后,髦士以俚语为自足,小生求不学而名家。文事之鄙陋干枯,迥出寻常拟议之外。黄茅白苇,一往无余;诲盗诲淫,无所不至。此诚国命之大创,而学术之深忧,士钊所为风雨徬徨,求通其志,亘数年而不得一当者也!……(《创办国立编译馆呈文》)

他反新文化运动,反文学革命运动,其动机原来如此!他为了要挽救新文化新文学的流毒,至于"风雨徬徨,求通其志,亘数年而不得一当",现在他居然做到了司法总长,教育总长,自然是要当官而行,义无所让了。他说:

>……愚尝澄心求之:以谓人本兽也,人性即兽性。其苦拘囚而乐放纵,避艰贞而就平易,乃出于天赋之自然,不待教而知,不待劝而能者也。使充其性而无法以节之,则人欲不得其养,争端不知所届,祸乱并至,而人道且熄。古之圣人知其然也,乃创为礼与文之二事以约之。一之于言动视听,使不放其邪心;著之于名物象数,使不穷于外物;复游之以《诗》《书》六艺,使舒其筋力,而瀹其心灵。初行似局,浸润而安,久之百行醇,而至乐出。彬彬君子,实为天下之司命,默持而善导之,天下从风,炳焉如一。夫是之谓礼教,夫是之谓文化。斯道也,四千年来,吾国君相师儒续续用力以恢弘之,其间至焉而违,违焉而复至,所经困折,不止一端。盖人心放之易而正之难,文事弘之易而修之难,质性如是,固无可如何者也。今乃反其道而行之:距今以前,所有良法美意,孕育于礼与文者,不论精粗表里,一切摧毁不顾;而惟以人之一时思想所得之,口耳所得传,淫情滥绪,弹词小说所得描

写，袒裼裸裎，使自致于世，号曰至美；是相率而返于上古猿獉狌狌之境，所谓苦拘囚而乐放纵，避艰贞而就平易，出于天赋之自然，不待教而知，不待劝而能者也。胡君倡为新文学，被荷如彼其远，而乃不言而人喻，能收大辩若嘿之效者以此。……（《评新文学运动》）

这是他的"礼文约束论"，也就是他反对新文化新文学的根本理论。这种理论正和他的"敦诗说礼，孝弟力田"的人生观，"农村立国"的政治经济思想，"读经救国"的教育政策，都是"斯道也，四千年来，吾国君相师儒续续用力以恢弘之"的一些东西。可惜他不曾生在"君相师儒"的时代，——至少二三百年以前，他的那些主张有用力恢弘的价值、这真是他一生的大不幸呀！你要骂他思想太旧吗？他却自认是主张新旧调和的，以为"宇宙进化之秘机全在乎调和"。他说：

……今日之社会，乃由前代之社会嬗蜕而来；前代之社会，乃由前代之前代社会嬗蜕而来。由古及今，为一整然之活动，其中并无定畛可以划分前后。……吾今生于今日社会，亦求所以适应乎今日之情状以为设施而已矣。本体只一，新云旧云，皆是执著之名言。姑顺俗言之，所谓旧者将谢之象，新者方来之象。而当旧者将谢而未谢，新者方来而未来，其中不得不有共同之一域，相与舒其力能，寄其心思，以为除旧开新之地。不然，世运决无由行，人道或几乎息，理至秘要，无可诋谰。夫此共同之域者何也？即世俗之所谓调和也。

调和二字，随俗滥用，学士大夫不肯言之。愚为《甲寅》，初明是理，同社诸子，力以有妨文品相争，愚强用焉，佳名始立。今则稍习，不以为敝矣。其实宇宙进化之秘机全在乎此。达尔文昔倡进化论，以竞争为原则，使人合于自然法律以行。后之学者以为不然，谓果如达言，则人亦与禽兽等耳，生命又安足贵？救其弊者有克鲁泡图金之互助论，有柏格森之《创造进化论》。有倭铿之《精神生活论》，自各有其理由。然互助近于社会学者之主观，倭柏诸家含有玄学宗教之鼓吹。愚意不如以调和诂化，既能写社会演进之实象，而与诸家之说亦无乖迕。盖竞争之后，必归调和，互助亦调和之运用。创造不以调和为基，亦未必能行。精神生活尤为折衷诸派之结论。……（《进化与调化》）

要不然，你骂他开倒车吗？他便和你说开倒车。他说：

泽而枒，山而俸，上而轻，下而轩且曳，子厚所叙之车德也。然闻马之不前曰弊，车之不前曰挚。挚则奈何？且不前者非徒不前也，有所以抵之者也，抵之者仍为车也。两车相抵则奈何？曰，惟辂以济之而已。辂者还也，车相避也；相避者又非徒相避也，乃乍还以通其道。旋乃复进也。自有此辂，车乃无道而不可行，辂之时义大矣哉！今谚有所谓"开倒车"者，时人谈及，以谓有背进化之通义，辄大病之，是全不明夫辂义者也。愚说其乌能已？……（《说辂》）

再不然，你要骂他反动吗？他便以反动自居。他说：

反动者非不可居之名，而亦无有常位者也。乾、嘉经学之后，承以桐城义理之文，方、姚之徒，反动派也。八股空疏，则鹜为经世有用之学，如魏默深、冯林一、康长素、梁卓如，反动派也。胡适之"规复"白话，自称为理二千年来为死文学所抹杀之旧绪，其义叶于反动尤至。……（《反动辨》）

这么看来，你总得佩服他那种倔强不屈的态度。当时胡适说他这些文章，这些理论，"不值一驳"。但因为他的官位之尊，声气之广，影响之大，和他驳论的，先后不乏其人。例如唐钺的《文言文的优胜》《告恐怖白话的人们》《现代人的现代文》（《中国史的新页》），高一涵的《那里称得起反动》，郁达夫的《咒〈甲寅〉十四号评新文化运动》，都是驳斥或针对他的主张而作的（均见《现代评论》）。尤以唐钺氏之文，分析精密，论断谨严，算为文言白话问题最后作个总结束。鲁迅的《华盖集》，也不少嘲讽章士钊的文章。还有吴敬恒，也为他费了不少的笔墨，如《广说铧》《章士钊—陈独秀—梁启超》《读经救国》《我们所请愿于章先生者》，那些文章真是和他开顽笑不少。章士钊也就回答了他不少的有趣的文章。例如吴敬恒说：

……我在《〈京报〉副刊》上论到章先生个人，曾说，"他的谬误，我还相信不在他良心上，还在他读那牢什子的鸟柳文"。那种鸟柳文，游戏的读读还好。若被他一道金刚箍套住了头，真是个人的倒楣。我虽略识之无，不配谈到文学，但谬妄的盍各言志，也谁还能来禁我。所以三十岁以前，也曾从经生想到文人，也想将来过了六十，到孔老二删诗书定礼乐之年，在词林文人里头有一席位置。

乃三十岁的六月,住在北京官菜园上街镇江馆,有位丹阳朋友,乘我出门,在我桌上放一纸条规我曰:"学剑不成,学书不成,勇而无刚,朝史暮经。三十之年,胡乱混混。"我看了很懊丧。晚上读曹植《与杨修书》,他说:"昔杨子云先朝执戟之臣耳,犹称壮夫不为也。吾虽德薄,位为蕃侯。庶几戮力上国,流惠下民,建永世之业,留金石之功。岂徒以翰墨为勋绩,辞赋为君子哉?"就想扔了那牢什子的文史,还是学剑。到明年,还到家乡,在小书摊上得到一部"岂有此理"(按即《何典》),他开头便说"放屁放屁,真正岂有此理"。忽然大澈大悟,决计薄文人而不为。偶涉笔,即以放屁放屁,真正岂有此理之精神行之。再过一年,在南洋公学,有位陈先生,复相约投中国书于毛厕,从此不看中国书。到如今,几乎成了没字碑,然身上不带鸟气,不敢误认我为文人,这是很自负的。……(《我们所请愿于章先生者》)

这是吴敬恒的"放屁"文学论。章士钊则说:

先生惩文言之失,涉话言之趣,矫枉过正,芜秽杂呈。人也职也,而必鸟之;言也策也,而必屁之。近且下体鸡腿之辞(自注,原文过亵,难于征引。),比诸"黄绢幼妇"之妙。"三十年前,由经做生到文人";更三十年,则由《水浒》做到《肉蒲团》;此先生以之自处,乃卢梭所云天赋之权,愚不敢赞一辞。至于求达世界共通优点,及将中国国基树起,与并世文明诸邦上下角逐,共迈无疆之麻,此类猥亵之词有何连谊,愚诚百思而不得其解也。夫今日文敝极矣!而文敝尚不关文俚之争,以俚辞而求其达，文律中固宜有如是之一境也。然今之文家，凡为说理之文，大抵晦涩臃肿，不可爬梳。一涉序事体裁，言情结构，如峡之倾，一泻千里，则往往叙述千数百言，未了所云何事。惟见东立一喻，西插一诨，尖酸刻薄，一挑半剔，全然失却士君子"立言"之经而已。此之恶风已不可救，而先生复加甚焉以扇发之。使后生得从而为之辞曰，明诚质厚如吴先生尚尔，吾侪为之何害？夫明诚质厚，介然自克，固先生之本性，恒士所万万不及。其偶为词谩，口不择言，特有所激而出于是。而士之步趋先生者，乃断断置明诚质厚，介然自克不问，而一惟词谩，口不择言是从。语云："其父杀人，其子必且行劫。"愚诚不知迁流所极，其因词之靡靡，被于一切言行，酿成衰世暴慢之膏肓废疾，将至何度也！先生将曰，吾特兴到笔随，以自娱而为之尔。则天下自娱之事无限，何必伧言？雕虫小技，先生所蔽罪于愚者，亦即自娱之一种也。然先生以此罪愚，愚恕不自以为罪，先生即不鸷此，愚亦不以多先生。……先生，天下之宗匠也。天下之后生，相率效之，一世竟为鸟屁鸡腿之文，即来世风文运兴衰功罪之论，与择术自娱，其效不越一己者，不可同年语也！……（《三答稚晖先生》）

一个说是放屁，一个说是"立言"，他们论文的得失，在这里我不暇絮论。但吴敬恒以为章士钊"走进牛角尖里，湾到十八层幽谷"，只好替他发丧！

不友吴敬恒等，罪孽深重，不自殒灭，祸延敝友学士大夫府君。府君生于前甲寅，痛于后甲寅无疾而终。不友

等亲视含敛，遵古心丧、毡（自注，非苦）块昏迷，不便多说。哀此讣闻。（《发丧》）

平心论之：章士钊的"前甲寅"，使人知道中国文学在"古文范围以内的革新"，最好的成绩不过如此。为后来的文学革命，暗示一个新的方向，自有其时代上的价值。他的"后甲寅"，若是仅从文化上文学上种种新的运动而生的流弊，有所指示，有所纠正，未尝没有一二独到之处，可为末流的药石。但他想根本推翻这种种新的生机，新的势力，仍然要维持四千年来君相师儒续续用力恢弘的一些东西。所以他努力的结果，似乎一方面只能表示这是他最后一次的奋斗，他的生命最终的光焰；另一方面只能代表无数的学士大夫之流在文字上在学术思想上失去了旧日权威的悲哀，代表无数的赶不上时代前进的落伍者思古恋旧的悲哀，为新潮卷没的悲哀！

章士钊尝讥胡适自为矛盾：一面主张文学革命，一面"以整理国故相号召。所列书目，又率为愚夫愚妇顽童稚子之所不谙。己之结习未忘，人之智欲焉傅"？还有人说胡适提倡整理国故的一种恶影响，将要造成一种非驴非马的白话文，实为新文学前途的隐忧。这可要气倒胡先生了！他究竟为什么要整理国故呢？他的答案，是——

我披肝沥胆地奉告人们：只为了我十分相信"烂纸堆"里有无数无数的老鬼，能吃人，能迷人，害人的厉害胜过柏斯德（Pasteur）发见的病菌。只为了我自己自信虽然不能杀菌，却颇能"捉妖""打鬼"……

他的整理国故,原来为的是到烂纸堆中捉妖打鬼!究竟整理国故于白话文学前途有没有恶影响?他说:

> 今日半文半白的白话文,有三种来源。第一是做惯古文的人改做白话,往往不能脱胎换骨,所以弄成半古半今的文体。梁任公先生的白话文属于这一类,我的白话文有时候也不能免这种现状。缠小了的脚,骨头断了,不容易改成天足,只好塞点棉花,总算是提倡大脚的一番苦心,这是大家应该原谅的。
>
> 第二是有意夹点古文调子,添点风趣,加点滑稽意味。吴稚晖先生的文章,(有时因为前一种原因)有时是有意开顽笑的。鲁迅先生的文章,有时是故意学日本人做汉文的文体,大概是打趣"《顺天时报》派"的;如他的《小说史》的自序。钱玄同先生是这两方面都有一点的;他极赏识吴稚晖的文章,又极赏识鲁迅弟兄,所以他做的文章也往往走上这条路。
>
> 第三是时髦的不长进的少年。他们本没有什么自觉的主张,又没有文学的感觉,随笔乱写,既可省做文章的工力,又可以借吴老先生作幌子。这种懒鬼,本来不会走上文学的路去,由他们去自生自灭罢。
>
> 这三种来源,都和整理国故无关。……
>
> 平心说来,我们这一辈人都是从古文里滚出来的,一二十年的死工夫,或二三十年的死工夫,究竟还留下一点子鬼影,不容易完全脱胎换骨。……大概我们这一辈半途出身的作者都不是做纯粹国语的文人。新文学的创造者应该出在我们的儿女的一辈里。他们是正途出身的,国语是他们的第一语言;他们大概可以避免我们这一辈

人的缺点了，……（《整理国故兴打鬼》，《现代评论》一百一十九期）

他以为今日半文半白的白话文是和整理国故无关的。而整理国故又只是"捉妖""打鬼"，不是什么"结习未忘"，那末，章士钊讥他"自为矛盾"，他又可以说是"不值一驳"了！

文学革命讨论的时期早已过去了，现在正是新文学创造的时期。在这短短的时期里面，亦自有其相当的成绩。计自文学革命运动初起至今，只有十多年的历史。在这十多年之间，一面须破坏旧文坛的最后的壁垒，一面须从事新文坛的建设，事业既极艰巨，期间又极短促，说到成绩，自然不能容易推崇过分的，同时也就不必评价太严。犯了前一种弊病，就太乐观了；犯了后一种弊病，就容易陷于悲观。倘若乐观的话能叫我们进取，悲观的话能叫我们兴奋，那末二者都于我们是必要的。必须懂得这层道理，才可以来谈最近新文艺的成绩。陈源说：

中国的出版物无从稽考。可是商务印书馆出版的《星海》里有一篇《最近文艺出版物编目》，这里面的书目大约包含从新文学运动起，截至一九二三年末日为止，五六年中的作品。我数一数五六年中的创作，有小说（长篇，短篇，合集都在内。）十三种，诗歌十六种，戏曲一种，其他九种，加翻译八十八种，文学史等其他著述三十二种，（连新式标点的小说都在内）也不过一百五十九种。我们现在且不谈质，且不管一方是经过一番选择，被认为有趣味的书籍，一方里面有许多天天被人骂为"不值一文光绪通宝"的废纸。我们只以量来说。英国一季所出的书，经了一番选择，还有五百八十五种，仅仅文艺一部分都有三百余种。我们五六年所出的"文艺出版物"，只有一百五十九种！（《西滢闲话》）

这还是一九二三年以前五六年间新文艺的成绩的统计。现在再看一九二八年以前十多年间新文艺的总成绩的统计若何。曾虚白说：

……我最近一个月把文艺出版物彻底的盘查过一次。这个盘查的结果，简直给予懵懵懂懂一向抱着乐观的我一个意外的失望。……这次盘查结果所给我对于新文艺成绩总和的映象只有两个字："贫"与"弱"。

这个"贫"字可以包括一切关于文艺的人和物说。最容易发见的当然是出产物的贫。……自从新文化运动开始以至今日，十多年来努力的结果，称得起有文艺性的作品，只有二百多种译本，一百多种创作，并且这是没有一些批评眼光的统计，凡是文艺作品，好的，坏的，一股脑儿搜集在一块儿的总数。……拢总四百多本书的一个小贡献，却大吹大擂的什么界什么坛的在人们面前夸耀，正像一个苦叫化的在那里做画栋雕栏的黄金梦，我实在觉得满身起了鸡皮肤，有些受不住了。

这出产物的贫，固是贫的现象，若问所以有这种现象的原因，我们就该说到发行者的贫，和著作者的贫了。请你们屈指数数现在努力发行新文艺书籍者有多少家？恐怕不到你屈完两只手上的指头，就要瞪着眼睛说没有了。而这寥寥的几家里面，除掉一家资本雄厚些的，其余都不过凭着极少数的资本在那里支撑。至于著作者，连显名和未成名的一起算，也凑不上二百个人！……

这"弱"的最明显的现象，是出版物的销数。现在各种带新文艺色采的定期刊物，每期能销到五千份以上的是很少很少的；至于在这条线上的书籍，能得到超过两万册以上的销数的，恐怕只有寥寥可数的三四本，其余，则一版三千，再版六千，就此而止，已经算很好的了。那末，我们不客气地打开天窗说一句亮话，高兴来看看我们这种心血的结晶品的，凭你们怎样算法，也不过三四万人吧！……"（《一家言》《给全国新文艺作者一封公开的信》）

他们由这种统计所得的结果，似乎叫人悲观，实则也很叫人兴奋，努力。陈源还有一篇《新文学运动以来十部著作》，也是谈新文学的成绩的。他说的这十部（其实十一部）著作，是——

胡适，《胡适文存》，这是提倡新文学新思想的；

吴敬恒，《一个新信仰的宇宙观与人生观》，这是属于思想方面的；

顾颉刚，《古史辨》，及其《自序》，这是属于学术方面的；

鲁迅，《呐喊》，郁达夫，《沉沦》，这是属于短篇小说的；

郭沫若，《女神》，徐志摩，《志摩的诗》，这是属于白话诗的；

丁西林，《一只马蜂》，这是属于戏剧的；

杨振声，《玉君》，这是属于长篇小说的；

冰心女士，《超人》（小说），白薇女士，《琳丽》

（诗剧），这是把她们代表女作家的。

他把这十一种书来代表自有新文学运动以来的作品。自然的，中国新出有价值的书虽少，决不止这十一本，好在他自己已经说过了。至就新文艺全部而概括加以评述的，最初为胡适。他在《五十年来之中国文学》里末了一段论到新文学的成绩，一共列举了四项：第一，他以为白话诗可以算是上了成功的路了。他预料十年之内，中国诗界定有大放光明的一个时期。第二，他说短篇小说也渐渐的成立了，以鲁迅的成绩为最大。第三，他以为白话散文很进步了。除了长篇议论文显然的进步以外，周作人等人倡的小品散文，用平淡的谈话，包藏着深刻的意味；有时很像笨拙，其实却是滑稽。这一类作品的成功，就可彻底打破"美文不能用白话"的迷信了。第四，他以为戏剧与长篇小说的成绩最坏。戏剧还有人试做，长篇小说不但没有人做，几乎连译本都没有了。——这是他在一九二二年三月作的文章。到了一九二八年三月，整整地经过六年了。曾朴给他的信里说道：

> 我对于现代的出版物，虽未能遍读，然大概也涉猎过，觉得这几年文学界的努力，很值得赞颂的，确有不可埋没的成绩。……第一是小品文字，含讽刺的，析心理的，写自然的，往往著墨不多，而余味曲包。第二是短篇小说，很有能脱去模仿的痕迹，表现自我的精神，将来或可自造成中国的短篇小说。第三是诗，比较新创时期，进步得多了。虽然叙事诗还不多见，然抒情诗却能把外来的格调，折中了可谐的音节，来刷新遗传的旧式，情绪的抒写，格外自由，热烈，也渐去诘曲聱牙之病，决有成功的

希望。这三件，我们凭良心说，不能不说有良好的新产品。除此外，长篇小说（现在的名为长篇实不过是中篇）没有见过。诗剧，散文剧，叙事诗，批评，书翰，游记，等，很少成功之作。

　　我们在这新辟的文艺之园里巡游了一周，敢说一句话，精致的作品是发见了，只缺少了伟大。譬如我们久饿的胃口，正想狼吞虎咽，却摆在你面前的，只有些精巧的点心，玲珑的糖果，酸辣的小食，不要说山珍海味的华筵，没有你的分儿，便家常的全桌饭菜，也到不了口，这如何能鼓腹而嬉呢？

　　这个现象，很值得我们注意的。为什么成这个现象？我想不外乎两种原因：一种是懒惰，一种是欲速。……（《一家言》）

　　胡、曾两人作文的时间距离相差六年，所以他们对于新文坛观察的所得，也就各有不同之点。至于胡先生那时预言"十年之内的中国诗界，定有大放光明的一个时期"，现在看来，已经是丝毫没有把握的了。

　　新诗虽还没有到达大放光明的时期，但它却时时在找成功的路，因此，十年之间，也可以有若干的演变或流派了。第一，是形式上开始打破旧诗的规律，仍未脱尽旧诗词音节和意境的，开山的第一人为胡适，他的《尝试集》可为这种诗的代表。其他如刘大白《旧梦》、刘复《扬鞭集》，以及俞平伯《冬夜》、田汉《江户之春》（见《少年中国》）大半都属这种诗。其中似以田汉的诗较富于才情，而音调亦很谐美，于每句音数多少的一定，亦颇有尝试。总之，他很注重于诗的形式和技巧。可是他做的极少，而且后来几乎全不作了。又胡适于《尝试集》以后的诗,散见于各种杂志,论其音节意境,受旧词的影响更深。所以他自己也说:"近年因选词之故,手写口讲,受影响不少,放作白话诗,多作词调。但于音节上也有益处,故也不勉强求摆脱。"第二,便是无韵诗,或自由诗。康白情《草儿》,徐玉诺《将来之花园》,汪静之《蕙的风》,焦菊隐《夜哭》,赵景深《荷花》,李金发《微雨》、《为幸福而歌》,等等,大半都属于这种。周作人也间作这种诗,《小河》在这种诗中是最初最有名的一首。又他的《陀螺》里面的译诗提示给人许多新的形式,于新诗坛的影响不小。第三便是小诗。周作人说:"中国的新诗在各方面都受欧洲的影响,独有小诗彷佛是在例外,因为他的来源是在东方的。这里边又有两种潮流,便是印度与日本,在思想上是冥想与享乐。"(《论小诗》)不错,有许多小诗作家是显然受了印度泰戈尔《飞鸟集》或日本短歌俳句的影响的。例如冰心女士的《繁星》《春水》,就自己说明是受泰戈尔的影响。此外如宗白华、梁宗岱等,也都是曾做小诗的。第四为西洋体诗。排列、韵律大都学西洋诗。郭沫若《女神》算是先导。陆志韦《渡河》也略有尝试。比较近于成功的,是徐志摩《志摩的诗》。他如闻一多、刘梦苇、饶孟侃、朱湘、于赓虞、蹇先艾诸人的诗也大都属于这种。他们有曾藉《晨报·副镌》出《诗刊》的,鼓吹他们的这种主张(民国十五年)。又他们所创的形式,自刘梦苇起,似乎以为中国旧诗每句字数有定,如四言、五言、七言,于是也把新诗给它每句一定字数——例如十字至十二字。也同时用韵(参看赵景深《中国文学小史》,及杨振声《新文学的将来》,清华《文学》第一期)。总之,他们作新诗,也要讲"格律"!闻一多说:"……越有魄力的作家,越是要带着脚镣跳舞才跳得痛快,跳得好。只有不会跳舞的才怪脚镣碍事;只有不会做诗的才感觉得格律的束缚。……"(《诗的格律》）直到最近，还有一个署名勺水的（当然就是陈勺水），提倡"有律现代诗"。他说：

> 凡是诗，都是有韵律的（Rythme）。因为有了韵律，才是可吟的东西，否则就只成为可看的东西了。……
>
> 中国旧诗的韵律，大概靠脚韵、平仄、音数三者表现出来。英、德、俄的诗，也和中国旧诗相同。法国诗的韵律，大概都靠脚韵和音数二者。意大利和日本的诗，却大抵只靠音数。固然无论在那一国，也还有一些超出于脚韵、平仄、音数之外的自由诗。……
>
> 中国近几年来的新诗，大概都超出于脚韵，平仄，和音数之外。……中国新诗，至今不能上轨道，根本的原因，恐怕就在蔑视获得韵律的手段罢。……
>
> 总之，我主张，应该在诗的形态上研究，去造成诗的韵律，一面要用"相关韵"的脚韵，一面只要确定每首诗每一句的音数和逗数，而不定每一逗的音数，并把每首诗每句的音数和逗数，标在诗题的下面（如3/14件为十四音三逗诗，2/14为十四音二逗诗）。以示这首诗的局格。……这样的诗，我想给他一个新名词，叫做"有律现代诗"。一面表示他是有格律的诗，不是自由诗，一面又表示他是使用现代话语的诗，不是使用死语的诗。（《有律现代诗》，《乐群》半月刊第四期。）

中国将来有韵律的诗，是不是这样的一种形式？自然还是问题。总之：中国新诗的问题，似已不在内容，而在形式。十年以来，新诗人的努力几乎全在各种形式上的尝试，寻求一种合于新时代与新生活的新诗形。我们都该相信新诗适当的形式，将于这种尝试中获得，完成的。不过目前似乎尚在尝试的途中，没有走上一条人人共由的大路。我们决不能因为目前新诗的形式之未备，和技巧之拙劣，便否定它的前途而不努力。无论那种形式的文学，臻于圆熟浑成之境，总须经过相当时期的生长发达的。

其次，说到戏剧方面的成绩，这比诗之一方面固然无甚优胜之处，不过现在的戏剧运动稍觉热闹，戏剧上大放光明的时期也许较能早点实现罢。从前戏剧运动的中心是在北京。自从《新青年》攻击旧剧，介绍易卜生之后，旧剧的王都——北京，有过人艺戏剧专科学校，是陈大悲、蒲伯英诸人倡办的；接着国立艺术专门学校也添办过戏剧系，由赵太侔、余上沅诸人主持；他们还在《晨报·副镌》上出过《剧刊》，从事所谓"国剧运动"；同时还成立了中国戏剧协社。可是不久都一一消沉下去了。现在戏剧运动的中心似已移到了上海。在这里有许多戏剧的团体，有田汉、欧阳予倩诸人的南国社，有洪深、王怡庵诸人的戏剧协社，有朱穰丞、马彦祥诸人的辛酉剧社，有向培良、长虹诸人的狂飚社。他们还联合成立了一个戏剧运动协会（一九二八），不过还没有什么成绩表现。在现代的中国，从事戏剧运动，自然要遇到许多的困难。最能和这种种困难搏战的，就要推南国社田汉诸人了。洪深说："……我们有五重困难，我们缺乏了五样紧要的东西。一、没有剧本；二、没有演员；三、没有金钱；四、没有剧场；五、没有观众。幸而田汉是个跌不怕，打不怕，骂不怕，穷不怕的硬汉。没有剧本么？他自己来创作，自己来翻译。没有演员么？寻几个同志，组织一个南国社，刻苦的练习起来。没有金钱么？索性不希望国家的津贴，有钱人的资助，自己负了债来穷干。没有剧场么？先寻一个小剧场，或者借人家的剧场。观众不来么？我们自己走到观众那里去,拿出些好东西给他们看看,再对他们说,还有比这个更好的东西藏在家里呢,慢慢的引起观众走入我们的门里来。——那爬楼梯跌了一交,躺在地上哭的人,是没有出息的;那熬着痛,硬着头皮,勉强笑着,立起身来再爬的人,总有一天会爬到顶上的。"(《南国社与田汉先生》)现在南国社又在准备第二次公演了。田汉说:"在现在而言戏曲,何待说是应该替民众喊叫的,这是因为这个时代早由个人主义进到社会主义时代了。……南国社的社员们,……愿意始终站在被压迫民众的地位喊叫,这是无疑的。因为他们始终是受着压迫的。第一他们都是些穷人,他们的生活就是一种'惨苦的重担'。在这重担下的,以艺术的倾向结合起来,自然不会把艺术来消闲,来歌舞升平的。他们将使它成为一种运动,以促进新时代之实现,他们将和欧战中的兵士似的在炮力的压迫之下一步一步地进军。……这些剧本里面许仍有替我自己喊叫的地方罢,但替自己喊叫也并不坏,深的自己喊叫,就达到世界苦的源头。这些剧本里面的词儿,许有些人以为太深了些罢,动作许以为太不中国式了罢,但真的民众戏剧,并不是戏剧之凡俗化的意义。新的戏剧得为新时代的民众制造新的语言,与新的生活方式。……"(《公演之前》)我们从洪深、田汉两人的话里,就可以略略知道南国社的戏剧运动,在目前是怎样的倾向,和怎样的进行了。总之,他们似已走上转变的途中,要离开个人的,浪漫的,颓废的歧途,跑到民众的,写实的,战斗的阵地里来了。十年以来的戏剧创作,据我所知道的,有田汉的《咖啡店之一夜》,和他在"南国"杂志上发表的许多作品(他将编成戏曲全集,由现代书局出版),以及欧阳予倩的《潘金莲》、《杨贵妃》(五幕歌剧)、《荆轲》(五幕歌剧),丁西林的《一只马蜂》,洪深的《洪深剧本创作集》,郭沫若的《三个叛逆的女性》,等等。

戏剧论著，则有余上沅的《戏剧论集》《国剧运动》，熊佛西的《佛西论剧》，向培良的《中国戏剧概评》，以及最早出版的宋春舫的《宋春舫论剧》等种。

再次，要说到小说，它的成绩要比诗歌戏剧好得多了。有许多个性不同的作家，有许多作风不同的作品。最初只看见短篇，近来已有许多长篇出现了。对于这个时期小说界最初加以鸟瞰的评述的，赵景深说的最好。他说："叶绍钧最初作《隔膜》，多写小学生和儿童的生活；及作《稻草人》，则以美丽的笔写幻想的故事，渗入以平民思想；后作《火灾》，则更扩大其写作范围至于社会；最近的《线下》与《城中》，复由日本白桦派的风味改而为柴霍甫式的幽默。郁达夫是个潦倒文人，小说多写'穷'和'偷'和'色'，所作有《沉沦》及《茑萝集》。张资平善写三角恋爱，和自身所受的经济压迫，作有《冲积期化石》《爱之焦点》《雪的除夕》《不平衡的偶力》《飞絮》等。滕固所作亦多肉的气息，有《银杏之果》《壁画》《死人之叹息》《迷宫》等。冰心的《超人》多写爱海，爱小儿，爱母亲，而不及两性的爱。庐隐的《海滨故人》反之。许钦文的小说极幽默，多写已婚夫妇的遭际，作有《故乡》《毛线袜》《回家》等。冯文炳《竹林的故事》善写乡村生活。王统照的小说，艺术分子太多，每刻划过甚，事项的进行，因以迟缓。他的《春雨之夜》《一叶》，看起来很吃力。杨振声《玉君》曾哄动一时，但以过于近似'礼拜六派'，为人所不满。如今徐祖正的《兰生弟的日记》，与《玉君》有同样的遭遇，但论者又嫌其前半部过于生涩。最著盛名的自然是鲁迅的《呐喊》。他的《阿Q正传》，已有华西礼的俄译、敬隐渔的法译、梁社乾的英译。其中如《故乡》《社戏》《鸭的喜剧》《兔和猫》，都很有诗意，最近他又出了一本《彷徨》，论诗意是《孤独者》《伤逝》和《祝福》好,论幽默是《幸福家庭》《肥皂》《高老夫子》好。"(《中国文学小史》末节) Robert Merrill Bartlett 论新中国之思想界领袖,把小说家鲁迅列为其中的一个。他说:"……鲁迅和 Chekhov, Schnitzler, OLiver, Wendell, Holmes 一样,抛弃了医业,以致力于文艺的创造。他现在四十七岁,一般人认他为现代中国文学的写实大家,和短篇小说的名手。我会见鲁迅在一九二六年夏天。……'我觉得俄国文化比其他外洋文化都要丰富。'他对我说,'中俄两国间好像有一种不期然的关系,他们的文化和经验好像有一种共同的关系。柴可夫是我顶喜欢的作者。此外如哥可儿、屠格尼夫、多斯托夫斯基、高尔基、托尔斯泰、安特列夫……,我也特别高兴。俄国文学作品已经译成中文的,比任何其他外国作品都多,并且对于现代中国的影响最大。中国现时社会里的奋斗,正是以前俄国小说家所遇着的奋斗。……'……他的小说很像多斯托夫斯基和高尔基二人的作品,极富于同情心和热烈的情绪。最著名的《阿Q正传》,已译成法、俄、英、德(似无德译,此外尚有世界语译文。)四国文字。法国文学大家罗兰氏读完这篇小说后,曾说'这一篇写实作品,里面很多讥讽言词。我永也不会忘记阿Q那副忧愁的面孔'。……"(原文载美国 Ourrent History,一九二七年十月号,石孚译,见《当代杂志》。)这个时期的小说家,除了上面所举的诸人以外,他如、蒋光慈、郭沫若、钱杏邨、顾仲起、杨邨人、洪灵菲、华汉、叶灵凤、潘汉年,以及茅盾、罗黑芷(已死)、王鲁彦、叶鼎洛、沈从文等都是新近这几年很努力的作家。其中以郭沫若、蒋光慈、洪灵菲(他用粤语作小说)、钱杏邨,乃至茅盾诸家的作品,尤为留心这个"大时代"转变的青年男女所爱读。自他们的作品出来,小说界的风气似乎为之一变。而钱杏邨、李初梨、冯乃超、成仿吾诸人的批评现代中国作家,陈勺水的介绍现代的世界左派文坛,似乎都于新兴的作家多少有些暗示。总之,所谓"革命文学"的,或"新写实主义"的小说,自此将逐渐发生。这种小说在描写现代中国的贫苦民众在帝国主义经济,和新旧军阀政治,重重压迫之下的被虐,反抗,抬头,失败,以及受难等等的事件,也就是社会上最重大,最主要,最关多数人的利害,而又最使人感激的事件。将来中国的"左翼文坛",许是奠基于这种小说之上的。

最后,就要说到白话散文。赵景深氏曾说散文不大发达。其实不严格的说起来,散文很发达,成绩比较也很好。一来呢,散文的应用很广,译书,论政,述学,抒情,那一种不用散文?二来,散文不似诗歌戏曲小说需要艺术的分子来得多,所以成功也较容易。胡适、曾朴都曾极力称赞这个时期的小品散文。往后朱自清论小品文,就更说得详晰了。他说:"……三四年来风起云涌的种种刊物,都有意或无意地发表了许多散文;近一年这种刊物更多,各书店出的散文集也不少。《东方杂志》从二十二卷(一九二五)起,辟'新语林'一栏,也载有许多小品散文。夏丏尊、刘薰宇两先生编的《文章作法》,于记事文、叙事文、说明文、议论文而外,有小品文的专章。去年(一九二七)《小说月报》的创作号,也特辟小品一栏。小品散文于是乎极一时之盛。……我们知道中国文学向来大抵以散文学为正宗,散文的发达,正是顺势。而小品散文的体制,旧来的散文学里也尽有,只精神面目颇不相同吧了。试以姚鼐的十三类为准,如序跋、书牍、赠序、传状、碑志、杂记、哀祭,七类中都有许多小品文字。……周先生在《〈杂拌儿〉序》里……论现代散文的历史背景,颇为扼要,且极明通。明朝那些名士派的文章,在旧来的散文学里,确是最与现代散文相近的。

但我们得知道现代散文所受的直接的影响,还是外国的影响。……我们看,周先生自己的书如《泽泻集》等,里面的文章,无论从思想说,从表现说,岂是那些名士派的文章里找得出的?——至多情趣有些相同吧了。我宁可说,他所受的外国的影响比中国的多。而其余的作家,外国的影响有时还要多些,像鲁迅先生,徐志摩先生。……我以为真正的文学发展,还当从纯文学下手,单有散文学是不够的;所以说,现在的现象是不健全的。……但就散文论散文,这三四年的发展,确是绚烂极了:有种种的样式,种种的流派,表现着,批评着,解释着人生的各面,迁流曼衍,日新月异。有中国名士风,有外国绅士风,有隐士,有叛徒,在思想上是如此。或描写,或讽刺,或委曲,或缜密,或劲健,或绮丽,或洗炼,或流动,或含蓄,在表现上是如此。……"(《论现代中国的小品文》,《文学周报》第三四五期)这几年来小品散文的发达诚如他所说。最著名的散文集子有周作人《自己的园地》《雨天的书》《谈虎集》《泽泻集》《永日集》,鲁迅《热风》《华盖集》《而已集》《朝华夕拾》,林语堂《剪拂集》,俞平伯《杂拌儿》,朱自清《背影》,等等。在这些作品之中,有清淡的飘逸的抒情文,有生辣的深刻的批评文,而以后者最富于俏皮的语言,和讽刺的意味。所谓"语丝文体",可为这种文的代表。本来这个时期各种文学大都含有讽刺的分子。只有诗,似乎只宜诉之于真挚的情感,不宜诉之于严冷的理智,所以讽刺的新诗实不多见。这在讽刺文学最发达的时期,似乎是一个例外。新诗的成绩之所以坏,自然有许多原因,而人家不能利用新诗的形式为发泄其诅咒、诃责,最好之工具,也许是原因之一罢。

庄子"以天下为沉浊,不可与庄语"。约翰穆勒说:"专制使人们变成冷嘲。"生于现代的中国,要求庄语固然不可能,旁观冷嘲也就不大容易。所以最有叛逆精神的，又是最有讽刺天才的文学家，如某某先生，也只得说一声"共和使人们变成沉默"了！讽刺之后，继之以沉默；沉默之后，如不死灭，必将继之以怒吼；伟大的怒吼，是要在伟大的沉默里产生的。中国被压迫的民众不能完全屠杀拘囚净尽，他们的生存之火焰，总有一天会得爆发至于照耀全世界的。而引起这种爆发的火花，也许就属于能够表现被压迫民众为生存发展种种要求而斗争的文学。"文学革命"问题闹过了，又闹着"革命文学"的问题。……这些问题的发生及其解答，即已显示着中国文学再生的活力，显示着中国新文学成功的途径。怎样的走上这成功之途？这成功之途是怎样的光明伟大？最适宜的解答：就要看今后吾人怎样勇猛精进的，继续不断的，作古人所未有的努力！

# 声 明

陈子展著《最近三十年中国文学史》由上海古籍出版社授权出版。